몬스터

한낮의
그림자

손원평

윤이형

최진영

백수린

임솔아

한겨레출판

괴물들

손원평

아빠를. 죽일 거야. 오늘 저녁. 우리 손으로.

국기에 대한 경례가 끝나고 애국가를 부르기 시작했을 때에도 여자의 머릿속엔 여전히 그 글자들이 아른거리고 있었다. 검은 펜으로 썼는데도 어딘가 불그죽죽한 기운이 느껴지는 글씨들. 혈서처럼 꾹꾹 눌러 아래로 꼬부라뜨린 서체. 믿을 수 없는 내용을 태연히 갈긴 건 대체 누구였을까. 큰놈? 아니면 작은놈? 우리, 라고 했으니 둘 다일 거다. 그러고도 남았다, 그 애들이라면. 후렴 부분을 부르고 있을 때 마지막 아이가 도착했다. 얼마 전 입소한 아이라 조회에 참석하는 건 처음이었다.

"아직 말도 잘 못하는데 벌써 애국 조회를 하나요?"

손바닥만 한 신발을 벗기며 아이 엄마가 신기하다는 듯 물었다. 매끈한 볼 양옆으로 매달린 귀고리가 움직임에 따라 작게 흔들렸다.

"그래야 아이들이 자연스럽게 예절 교육도 익히고 애국가도 외우거든요. 학교 가서 그거 외우는 것도 보통 일이 아니에요."

여자는 아이 엄마가 바닥에 내려놓은 은회색빛 에나멜 가방에 희미하게 비친 자신의 얼굴을 보며 다정하게 답했다. 눈을 바라보는 것보다 물건을 보고 말하는 게 그녀에겐 익숙했다. 아이 엄마가 아이의 뺨에 가볍게 쪽 소리를 내곤 몸을 일으켰다.

"엄마한테 인사해야지."

여자가 아이의 등을 누르며 엄마에게 배꼽 인사를 시켰다. 아이가 건성으로 고개를 까딱하자 엄마는 귀엽다는 듯 미소를 짓고는 문밖으로 사라졌다. 가방이 문틈에 껴서 열었다가 다시 닫아야 했다.

언제나처럼 바빴다. 한 손에 두 명씩 아이들을 이끌고 단지 안의 산책로를 걷게 하고, 따로 걷고 있는 아이들을 단속할 때마다 흐트러지는 대열을 재정비했다. 지어진 지 얼마 되지 않은 신축 아파트였다. 매매가가 높아 아직 입주가 되지 않은 집도 많다고 했다. 단지 안을 산책할 때면 성안을 거니는 것 같았다. 영원히 주인은 될 수 없는 성.

다시 아이들을 이끌고 돌아온 여자는 한 명씩 손을 씻

기고 기저귀를 갈고 모두 앉혀 동요를 불러주었다. 그런 다음, 작은 색깔 점토를 나눠 주며 가지고 놀게 했다. 아이들이 그것을 입에 넣지 않도록 주의시키는 사이사이에 소음이 귀를 파고들었다. 징징대거나 울부짖는 소리가 한시라도 끊길라치면 다른 곳에서 들려왔다. 혼자서 감당해야 할 아이가 여덟 명이었다. 대부분 만 두 살이 채 되지 않은 아이들이었다.

"다른 데는 선생님 한 분이 열댓 명씩 맡는 경우도 허다해요. 어린이집 교사가 아이한테 몹쓸 짓을 했다는 뉴스들 가끔 뜨죠? 대부분 그런 곳에서 일어나요. 아유, 이 정도면 양호한 편이죠."

면접을 보러 왔을 때 원장은 그렇게 말했었다. 시간과 노력을 들여 따낸 보육교사 자격증이었다. 하지만 원장이 제시한 월급은 여자가 생각했던 것보다 훨씬 적은 액수였다.

여자는 자꾸자꾸 시계를 쳐다봤다. 꽤 많은 일을 했다고 생각했는데도 아직 점심시간이 되지 않았다. 다시 머릿속에 끔찍한 내용의 글자들이 잔잔히 떠올랐다. 그래. 두 녀석이 그렇게 썼다고 치자. 자식에게 죽임을 당할 만큼 남편이 나쁜 사람이었던가? 그건 그렇고 어떤 식으로 죽인다는 걸까? 칼로 찔러서? 목을 졸라서?

그것도 아니라면 창밖으로 밀어뜨려서? 아니, 그보다
도 이제 어떻게 해야 할까? 머릿속에 계속해서 질문이
떠올라, 여자는 그중 하나에도 답할 수가 없었다.

비밀스러운 취미였지만 악의는 없었다. 하긴, 엄마가
자식에게 어떻게 악의를 가질 수 있단 말인가. 노트는
검은색이었다. 표지엔 투박하게 연도가 새겨져 있었
다. 흔히 볼 수 있는 커다란 다이어리일 뿐이었다. 그
것은 책장 구석에 다소곳이, 이미 닳아 있는 귀퉁이를
빼꼼 내밀고 있었다. 여자는 보지 말아야 할 것을 본
것처럼 가볍게 몸을 떨었다. 이미 그녀 앞엔 노트가 허
연 나체를 드러낸 채 펼쳐졌다. 의미를 알 수 없는 단
어들이 두서없이 나열되어 있었다. 노트의 용도를 규
정하기란 어려웠다. 굳이 말하자면 일기장과 낙서장
중간쯤 되는 것 같았다.

특이하게도 녀석들은 노트를 나누어 쓰고 있었다. 밥
먹을래, 언제, 이따가, 아무도 없을 때, 고등어조림, 비
려, 따위의 짧은 단어들이 각기 다른 색깔의 펜으로 대
화하듯 적혀 있었다. 학교생활의 따분함, 성적, 맘에
드는 여자 연예인, 알아보기 힘든 그림들, 심지어 남자
아이들 사이의 유치하고 은밀한 자랑에 관한 이야기
들까지. 여자는 스스로에게 그러지 않겠다고 다짐했
지만, 방 청소를 할 때면, 곧 거의 매일같이, 노트를 펼

쳤다.

막 고등학생이 된 쌍둥이들과 얘기가 끊긴 지도 오래된 일이었다. 그 애들에게 여자는 아침저녁으로 밥을 해주고 용돈을 주는 존재에 지나지 않았다. 그녀는 '엄마'라는 호칭으로 불렸지만 '엄마' 뒤에 붙는 용건은 대부분 그중 하나이거나 그 비슷한 범주에 속했다. 여자는 노트를 들춰 보는 것으로 자식들과 대화를 나누는 거라고 스스로를 위로했다. 절대 그것이 대화가 될 수 없다는 건 알고 있었지만, 그래도 그렇게 생각하는 것을 멈추지 않았다. 그건 그녀가 자주 노트를 펼칠 수 있는 용기를 주었다.

아이들이 제 아빠를, 여자의 남편을 좋아하지 않는다는 건 분명했다. 남편은 아이들에게 더 이상 별다른 역할을 하지 못했다. 다리를 다쳐 운전대를 놓은 후엔 더했다. 술에 취해 계단에서 가볍게 구른 것뿐이었는데 다리는 나을 기미를 보이지 않았다. 앞으로 영영 그렇게 살아야 할지도 모른다는 의사의 말은 곧 현실이 됐다.

어디선가 남편이 절뚝이며 모습을 드러내면 아이들은 동굴처럼 어두운 방 안으로 숨어들었다. 그러고 나면 남편은 장애물이 사라졌다는 듯 입맛을 다시며 TV를 켜고 옆으로 길게 드러누웠다. 여자는 늘 중간에서 발을 동동 굴렀으나 아이들과 남편 사이에서 별다른 촉매제 역할을 하지 못했다. 여자가 하는 건, 쓸모없어진 남편을 대신해 돈을 벌어오는 것뿐이었다.

남편은 무능력하고 불필요했다. 아이들은 정말로 제 아빠가 없어지길 원하는지도 몰랐다. 생각만큼은 진심이라는 것을 의심할 여지가 없었다. 궁금한 건 정말, 그것이 오늘 밤, 진짜로 실현되느냐였다. 정말로. 아이들은. 제 아빠를. 죽일까? 죽이다, 라는 단어를 맘속으로 되뇌자 여자는 작게 몸서리를 쳤다.

어디선가 진한 똥 냄새가 풍겼다. 한 아이의 바짓단 밑으로 똥이 새어 나오고 있었다. 여자는 급히 물티슈와 기저귀를 들고 아이에게 다가갔다. 아이의 기저귀를 풀 때쯤 다른 아이가 엉덩이를 들이대곤 똥똥, 하며 칭얼댔다. 항상 이런 식이었다. 힘겨운 일들은 늘 한꺼번에 몰려왔다.

점심시간이었다. 각자의 이름을 라벨로 붙여 놓은 식판엔 수수밥과 시금치나물, 닭감자조림이 칸칸마다 보기 좋게 담겨 있었지만, 조리실에서 밥을 받자마자 여자가 하는 일은 모든 반찬을 밥 위로 붓고 뒤섞어버리는 것이었다. 그렇게 하지 않으면 그 많은 아이들에게 밥을 먹이는 건 불가능했다. 여자의 앞에는 여덟 명의 아이들이 일렬횡대로 앉아 있었다. 여자는 엉덩이로 몸을 움직이며 한 숟갈씩 아이들의 입에 밥을 떠 넣었다. 어쩌다가 짜증 섞인 얼굴이나 목소리를 내비칠 때면 아이들은 하던 행동을 그만두고 여자의 얼굴을 빤히 쳐다보았다. 여자는 말도 못하는 아이들에게 매일 속내를 들키는 것이 싫었다. 알아도 말을 못한다는 것이 다행이라면 다행일 뿐이었다.

밥을 먹고 식판을 한데 모아 부엌으로 가져갔다. 막 식사를 마친 다른 반 선생과 교대를 하고 나서 얼른 여자도 점심을 먹어야 했다. 그때 여자의 반 쪽에서 자지러지는 비명 소리가 들려왔다. 여자는 소리가 나는 곳으로 달려갔다. 한 아이가 배를 까뒤집은 채 악을 쓰고 있었다. 작은 손에서 핏방울이 톡톡 떨어졌다. 잠깐 사이에 아이들이 넘어지거나 다치는 건 도저히 막을 재간이 없었다. 얼마 전에도 한 아이가 바닥에 놓인 장난감 위로 넘어져 이마에 검게 멍이 든 적이 있다. 순간적인 일이라 부모들도 어느 정도는 이해하는 편이었다. 하지만 이번에는 조금 심각했다. 종잇장 같은 손톱이 들려 그 사이로 살점이 내비쳤다.

여자는 입을 헤벌린 채 천장 구석에 달린 CCTV를 올려다보았다. 그것은 어디에서나 그녀를 내려다보고 있었다. 열여섯 명의 부모가 당장이라도 나타나 영상을 보자고 요구할지도 모를 일이었다. 원칙적으로는 절대 교사가 없는 자리에 아이들끼리 두어서는 안 됐다. 원장은 난감한 표정을 지으며 이런 경우는 부모에게 먼저 연락하는 것이 상책이라고 했다.

얼마 되지 않아 다친 아이의 엄마가 부랴부랴 달려왔다. 낮잠을 자다 왔는지 부은 얼굴에 머리를 질끈 동여맨 채였다. 확인 결과, 아이는 나무 문 끝의 갈라진 조각을 만지작거리다 그게 손톱 안으로 파고드는 바람에 다쳤다. 아이 엄마는 갑작스러운 불행에 습격당한 아이를 꽉 안으며 노기를 분출했다. 아이가 알레르기가 있어 당부했음에도 불구하고 새우가 든 볶음밥을 먹인 것부터 시작해서, 그동안 마음에 담아둔 탐탁잖은 풍경들을 차례로 언급했다. 이런 곳에 어떻게 아이를 맡길 수 있느냐며 그녀는 언성을 높였고 그 바람에 품 안의 아이는 더 크게 울기 시작했다. 원장이 아이 엄마를 진정시키는 동안, 여자는 거듭 죄송하다며 몸을 숙였다. 아이 엄마는 자기보다 열댓 살은 아래로 보였다. 여자가 그 또래였을 때, 아이 엄마는 기껏해야 초등학생이었을 것이다. 그때, 아직 젊음이 남아 있던 그때, 자신은 무엇을 하고 있었을까. 여자는 과거의 한 지점으로 기억을 옮겼다.

선이현 과물들

그곳에 자신이 서 있었다. 갓 결혼을 한, 뺨이 발그레한 여자가. 남편과는 중매로 만났지만 그럭저럭 부부의 모양새를 띠는 데는 문제가 없었다. 여자는 남편을 기다리며 요리를 하는 시간이 행복했고, 고요한 식사를 마치고 그릇을 씻는 시간을 사랑했다. 둘 다 별로 말이 없는 편이었고 서로에게 무리한 것을 요구하는 성격들이 아니었기 때문에 특별히 문제될 것도 없었다. 처음부터 정열은 부재했고 그랬기 때문에 거기서 퇴색될 것도 없다고 생각했다.

하지만 평온함마저 변질될 수 있음을 여자는 시간이 감에 따라 느끼고 있었다. 간간이 대화가 오가던 식사자리는 어쩐지 시간이 지날수록 어색해졌다. 겉도는 기류가 마음속에서부터 확산됐고 여자는 그 허전함의 이유가 무엇인지 자주 혼자 고민해야 했다.

주변에선 아이가 없어서 그런 거라고 했다. 딱히 둘만 있어도 행복할 거라고 생각했던 적은 없었다. 아이는 자연히 생길 거라 여겼기 때문이었다. 이틀에 한 번, 부부는 의무적으로 관계를 가졌다. 그러나 횟수는 완만하고 꾸준한 하향 곡선을 그려, 1년이 지나자 일주일에 한 번꼴로 줄어들었다. 병원에서는 아무런 문제가 없다고 했지만 여자는 초조해지기 시작했다. 2년이 넘어가자 관계는 눈에 띄게 드물어졌다. 의무감에 짓눌려 여자의 몸이 열리지 않거나 남자의 몸에 반응이 오지 않는 경우도 잦았다. 그럴 때마다 각자 허탈하거나 씁쓸한 마음을 안고 둘은 등을 맞대고 누워 눈을 감았다.

여자가 남편에게 의학의 도움을 받아야 할 것 같다고 말한 날부터 둘의 관계에 본격적인 균열이 가기 시작했다. 남편은 인공적인 방법으로 생명을 만들어내는 것이 이미 신의 영역에 손을 대는 것이라고 주장했다. 하지만 여자는 간신히 남편을 달래는 데 성공했고 둘은 난임전문병원에 주기적으로 발을 들였다. 여자는 자신이 왜 그러는지 알지 못했다. 막연히 무언가를 더 완벽하게 만들고 싶었을 뿐이었다. 평화와 안온함의 상징, 단란하고 완결된 가족을. 때로는 뭔가를 더 완성시키기 위해 힘을 보태는 것이 모든 것을 어그러지게 한다는 걸, 그때는 몰랐었다.

몇 차례의 인공수정이 실패로 돌아가고 의사가 시험관 시술을 권유했을 때 남편은 이미 지쳐 있었다. 의사는 여자의 난소가 몸보다 일찍 나이를 먹어, 남아 있는 난자가 얼마 없다고 했다. 서둘러야 했다. 여자는 집착에

정한아

봄봄봄

가까운 오기로 매일매일 남편을 설득했다. 남편이 겨우 수락하고 나서도, 일련의 과정이 진행되는 동안 여자는 자주 남편의 눈치를 봤다. 대부분의 일들을 여자는 혼자서 해결했다. 난자를 채취하기 위해 약을 먹을 때에도, 매일같이 스스로의 배에 주삿바늘을 꽂아 넣을 때에도, 호르몬제 부작용으로 온몸이 부어 뒤뚱거릴 때에도 엔간해서는 남편의 도움을 요청하지 않았다. 며칠에 한 번꼴로 병원에 가서 이런저런 검사를 하고 결과를 받을 때조차 남편을 대동하지 않은 경우가 다반사였다.

여자가 남편을 필요로 할 때는 정자를 채취할 때뿐이었다. 난자를 채취한 지 몇 시간 안에 정자를 채취해야 했기 때문에 그날만큼은 남편과 함께 병원에 가야 했다. 그러기 며칠 전부터 남편은 말수가 눈에 띄게 줄어들었다. 사형 집행을 기다리는 죄수처럼 침울해지는 남편을 보면 여자는 견딜 수 없는 기분에 사로잡히곤 했다.

남편이 병원 2층에 있는 정자 채취실로 올라갈 때마다 여자는 손톱을 물어뜯었다. 방은 칸칸이 나누어져 있었다. 그 안에서 자신보다 젊고 몸에 윤기가 흐르고 성욕을 일으키는 여자들의 영상이 나온다는 걸, 헤드폰을 끼고 영상을 보며 남편이 수음을 한다는 걸 여자는 알고 있었다. 그렇게 해서 받아낸 정액이 생명의 재료가 된다는 건 뭐랄까, 어딘가 꺼림칙한 생각이 들었다. 비슷한 시간에 올라간 남자들보다 남편은 항상 늦게 내려왔다. 핼쑥해 보이기도 했고 개운해 보이기도 했다. 남편은 간호사와 마주치는 것조차 싫어했기 때문에 여자는 남편이 내민 통을 받아 들고 스스로 접수대로 향했다. 검게 라벨링된 통 안에 들어 있을 미끈한 액체는 누구를 향해 배출된 걸까, 늘 의문을 품은 채로.

여자는 실험실에서 만난 자신의 난자와 남편의 정자를 상상했다. 그것들이 접시 위에서 배양되어 이상한 형태로 커가는 꿈을 자주 꿨다. 여자가 바라는 건 자연스러운 사랑의 결과물이었지만, 병원에 올 때마다 알 수 없는 미래에 살고 있는 느낌이었다.

"딱 세 번이야."

처음부터 남편은 으름장을 놓듯 말했었다. 그 말이 어느덧, "이번이 마지막이야"로 바뀌던 날, 여자는 체념한 듯 입을 다물었다. 몇 달 후, 그녀는 딱 한 번만 더 해보자고 남편에게 애원했다. 밤늦도록 울음과 험한 말들이 오갔다. 하지만 여자는 지지 않고 밀어붙였다. 결국 남편은 고개를 끄덕였다. 이미 생명의 기를 다 빨린 것 같은 낯빛이었다.

남편은 미역국을 좋아했다. 지나가는 말로 자신의 제사상에도 꼭 미역국을 올리라고 말했을 정도였다. 여자가 아이들을 낳았을 때는 산후조리원에 가는 게 그렇게 일반적이지 않았다. 친정도 시댁도 여자를 도울 형편이 아니었고, 병원에서 곧장 집으로 돌아온 여자는 아직 회복되지 않은 몸으로 혼자 미역국을 끓였다. 남편은 여자가 끓인 미역국을 질리지도 않는지 매일매일 먹어댔다. 그동안 빨린 기운을 보충이라도 하겠다는 듯. 여자는 꾸역꾸역 미역을 씹어 올리며 국물을 들이켜는 남편을 멍하니 바라보았다. 남편은 홀가분해 보였다. 모든 것이 끝났다는 표정이었다. 여자는 미역국에 손을 대지 않았다. 회복이 느렸고 젖이 잘 돌지 않았지만, 왠지 미역국만큼은 먹고 싶지 않았다. 밑에서 오로가 울컥울컥 나오는 게 느껴졌다. 정신을 차려보면 옷이며 바닥이 붉은 피로 흥건했다. 여자는 서둘러 출산의 흔적을 닦아냈다. 방에는 갓 태어난 쌍둥이가 꼭 달라붙어 누워 있었다. 아직 얼굴의 주름조차 펴지지 않은 핏덩이들. 의지와 상관없이 이제 막 세상 밖으로 꺼내진, 아무것도 모르는 순진한 아이들.

쌍둥이가 생긴 걸 알았을 때 주변에선 모두 축하할 일

이라고 했다. 두 번에 할 걸 한 번에 한다는 둥, 한 번에 네 식구가 된다는 둥의 덕담이 오갔다. 하지만 쌍둥이를 키우는 건 너무나 고달팠다. 해가 지날수록 두 배, 네 배, 자라나면서 여덟 배, 열여섯 배로 힘이 부쳤다. 그동안 아기를 갖기 위해 부부가 들인 돈의 액수는 생각보다 컸다. 빚을 졌고 매해 이자가 불어났다. 아이들이 커가며 드는 비용은 매달 여자의 숨통을 옥죄었다. 특별히 대단한 것을 하는 것도 아닌데, 어딘가에 구멍이라도 난 듯 돈이 줄줄 샜다.

남편이 다니던 회사가 문을 닫았다. 남편은 사원이 몇 되지 않는 작은 기획사에서 홍보 일을 했었다. 다른 곳에서 경력을 이어가기엔 나이도, 직책도 애매했다. 남편이 선택한 건 택시 회사였다. 매일매일 낼 사납금을 채우느라 늘 운전대를 잡고 있다시피 했다. 자연히 집 안에서 남편의 존재는 아이들에게서도 여자에게서도 멀어져갔다. 부부 관계를 가진 게 언제인지 기억조차 나지 않았다. 남편이 먼저 다가오는 법은 결코 없었고, 여자 또한 자신이 문제 제기를 하고 싶지 않았다. 그동안 남편을 괴롭힌 것만으로도 족했다. 더구나 이제 공식적으로 그들은 부부 관계를 가질 이유조차 없었다. 생물학적으로, 그건 무의미한 힘의 낭비였다.

부부가 각자 애쓰는 것에 비해 형편은 나아질 기미를

보이기는커녕 늘 제자리걸음이었다. 아니, 갑자기 나락으로 떨어지지 않는 것일 뿐, 어느새 한 발 두 발 뒤처지고 있었다. 여자가 할 줄 아는 건, 아이를 키우는 것밖에 없었다. 그래서 그녀는 그 일을 선택했다.

이란성이었지만 아이들은 누가 봐도 일란성으로 보일 만큼 똑같았다. 남편은 종종 아이들을 헷갈려 했다. 큰아이는 눈 옆에 점이 있고 작은아이는 점이 없다는 걸로 구분하라는 말을 여자가 자주 상기시켰음에도 불구하고, 남편은 잊을 만하면 비슷한 실수를 했다. 아이들의 뒤통수만 봐도 누가 누군지 단번에 아는 여자는, 그런 남편의 태도를 받아들일 수 없었다. 그가 알면서도 부정하는 느낌이 들었다. 그들의 가정을, 그들의 아이들을.

남편은 아이들과 어떻게 놀아주는지도 잘 알지 못했고, 함께 시간을 보내기에도 언제나 너무 피곤했다. 어쩌다 술을 많이 먹은 날이면 남편은 취기에 속내를 털어놓곤 했다.

"난 저 애들이 내 자식이라는 걸 믿을 수가 없어."

여자는 조용히 하라고 달싹였지만 남편은 그만두지 않았다. 그는 시술 과정에서 오류가 생겼을지도 모른다고 목소리를 높였다.

"라벨이 뒤바뀌었을지 누가 알아? 충분히 가능한 일이라고."

여자가 보기에도 아이들은 남편을 전혀 닮지 않았다. 자신의 신체적 특성은 간간이 발견됐지만, 여자의 특징을 빼고 나면 그 애들이 가진 건 미지의 누군가에게서 몰래 훔쳐온 것 같았다. 알지도 못하는 누군가의 손에 의해 배양되어 여자의 몸 안으로 이식된 아이들. 남편의 말이 맞았다. 따지고 보면 완전히 불가능한 일은 아니었다.

"그렇게 못 미더우면 친자 검사를 하면 되잖아!"

여자는 소리 질렀고, 싸움은 결론 나지 않은 채 원점으로 돌아오곤 했다.

아이들은 저희들의 아버지와 가깝지 않았지만 그렇다고 엄마인 자신과 친한 것도 아니었다. 그저 자기들끼리 놀았다. 여자는 한때 자신의 몸 안에 품었던 아이들을 이해할 수가 없었다. 이해하려고 노력하면 할수록 물음표만 떠오를 뿐이었다. 그 애들은 서로의 그림자나 거울 같았다. 어려서부터 둘은 이상한 장난을 쳤다. 자리를 바꿔 앉는 건 능사였고, 시험을 바꿔 보기도 했다. 둘은 친구도 없었고 학교에선 공공연한 왕따였다. 그러나 누군가의 표적이 되어 괴롭힘을 당하지는 않았다. 키가 멀대같이 컸고 맷집이 좋은 데다 항상 둘이 붙어 다녔기 때문에 누구도 그 애들을 함부로 건드리지 못했다. 대신 이상한 소문을 만들어내 뒤에서 수군댈 뿐이었다. 둘은 그런 사실에 대해 딱히 괴로워하지도 않았다. 자신들 말고는 그 누구도 필요로 하지 않는 아이들. 처음부터 부모라곤 없는 아이들 같았다.

‡

간신히 여덟 명의 아이가 모두 잠들었다. 잠드는 시간이 제각각이라 모두 잠들게 만드는 것도 여간 힘든 일이 아니었다. 밥에 수면유도제를 옅게 타는 곳도 있다고 들었지만, 그렇게까지 하고 싶지는 않았다. 아이들은 가끔씩 재롱을 피워 웃음 짓게 만들 때도 있었다. 그러나, 그뿐이었다. 여자도 그 기쁨을 누렸던 시기가 있었다. 하지만 왠지 모든 것이 까마득했다. 너무나 오래돼서 희미한, 진짜 벌어졌는지도 못 미더운 환상 같은 기억들.

기억과 현실은 너무나 달랐다. 아이들은 시끄럽고 소란스럽고 말썽을 피웠다. 젊음을 빼앗아가고, 인생을 주름지게 하고, 가정에 균열을 일으키는 악마들. 그런데 왜 그렇게들 아이를 가지고 싶어 하고, 아이가 없는 것이 모자란 행복이라고 생각하고, 아이를 위해서라면 오랜 시간을 노력해 얻은 직장조차 포기하는 것일까. 이미 자신이 거쳐온 길임에도, 아이를 향해 미련한 미소를 짓고 있는 젊은 엄마들에게 여자는 동의하고 싶지 않았다. 기회만 있다면 외치고 싶었다. 결국 당신들도 잡아먹히고 말 거라고.

여자는 가만히 벽에 기대앉았다. 어지러웠다. 남편에게 전화를 걸었다. 벌써 세 번째였지만 계속 묵묵부답이었다. 여자는 문자메시지를 남겼다. 전화해줘요, 빨리. 아이들이 깰 시간이 가까워져 오도록 답은 없었다. 아들들은 전화를 받지 않았다. 여자는 학교로 전화를 걸려다가 그만두었다. 그 애들이 오늘 학교에 갔던가. 그랬던 것 같다. 하지만 이미 집으로 돌아왔는지도 모른다. 벌써 남편을 죽여버렸는지도 모른다. 한기가 소름이 되어 등줄기를 따라 돋아났다. 그런데 남편이 죽으면 안 될 이유라도 있는가. 여자는 갑자기 자신이 왜 남편을 지키려고 하는지조차 의문이 들었다.

생각이 이어지는 걸 막기라도 하듯, 한 아이가 몸을 뒤척이며 잠에서 깼다. 곧 도미노처럼 다른 아이들이 연이어 깨어났다. 또 차례대로 기저귀를 갈았다. 아이들을 냉장고 옆으로 조용히 이끌었다. CCTV 사각지대였다. 교사들 사이에선 숨구멍이라는 은어로 불렸다. 그릇에 삶은 고구마와 망고 주스를 받아 와 한입씩 먹

였다. 여자의 손놀림은 자신도 모르게 빠르고 거칠어
지고 있었다. 한 아이의 입에 억지로 숟가락을 쑤셔 넣
었고 그러자 울음소리가 이어졌다. 어디선가 지린내
가 풍겨 왔지만 모른 척 계속 고구마를 아이들의 입안
으로 밀어 넣었다. 또 다른 아이가 목이 메는지 콜록댔
다. 망고 주스를 부어 넣었다. 꿀꺽꿀꺽, 놀란 눈을 하
고 아이가 주스를 삼켰다. 어차피 아이들은 말하지 못
한다. 잘해줘도 못해줘도 어차피 똑같다.

첫 번째 엄마가 아이를 데리러 왔다. 두 번째 엄마도,
세 번째 엄마도. 누군가는 고생했다며 캔 커피를 건넸
다. 여자는 커피를 마시지 않았지만 고맙다고 허리를
굽혔다. 커피를 건넨 엄마가 여자에게서 아이를 받아
유모차에 앉혔다. 유모차는 몇백만 원을 호가하는 유
명 브랜드의 제품이었다. 세련된 디자인으로 유명한
외국 제품이었다. 이 동네는 아기 엄마들 사이에서 유
모차 경쟁이 치열하다고 했다. 유유히 백화점을 거닐
며 남의 유모차를 흘낏댄다고 들었다. 어쩌면 그들의
아이는 단지 유모차의 최종적인 장식품인지도 몰랐다.
오늘따라 아이들의 하원이 빨랐다. 일곱 번째 아이까
지 가고 난 후 시계는 오후 5시 반을 가리키고 있었다.
이제 한 아이만 가면 여자도 집에 갈 수 있다. 다른 반

아이들도 물밀 듯 빠져나갔다. 원장이 먼저 퇴근을 했고 다른 반 선생들도 하나둘 나가기 시작했다. 하지만 여덟 번째 아이의 엄마가 오지 않았다. 보통은 4, 5시면 아이를 데려가는 엄마였지만 오늘은 7시가 넘도록 소식이 없었다. 담임을 맡은 반의 아이들이 모두 하원하기 전에는 집에 갈 수 없었다.

이제 어린이집에는 여자와 여덟 번째 아이뿐이었다. 오늘 아침에 가장 늦게 온 그 아이였다. 아이와 둘이 마주 앉은 여자는 노래를 불러주었다. 엄마가 섬 그늘에 굴 따러 가면, 아기는 혼자 남아 집을 보다가. 거기까지 부르고서 여자는 노래를 멈췄다. 아이가 여자를 빤히 쳐다보았다. 아기는 왜 집을 혼자 보는 걸까. 그 어린것을 놔두고 나간 엄마는 정말 굴을 따러 간 걸까. 여자는 앞에 앉은 아이의 얼굴을 물끄러미 바라보았다. 이 아이만 없었더라도 집에 빨리 갈 수 있었을 텐데. 걷잡을 수 없는 증오심이 피어올랐다. 여자는 아이의 목을 조르는 상상을 하다가 고개를 세차게 저었다. 넌 왜 태어났니. 자신도 모르게 조소 어린 말이 입 밖으로 흘러나왔다. 아이는 대답하지 않았다. 멀뚱멀뚱 눈만 깜박였다. 그러더니 배시시 웃으며 여자의 품에 파고들었다. 쌍둥이도 이런 시절이 있었던가. 이렇게 작고 순진무구하고 자기만을 바라보던 때가? 도무지 기억나지 않았다.

딩동. 마침내 그 아이의 엄마가 왔다. 헐레벌떡 숨을 몰아쉬며, 곱게 화장을 하고, 향수 냄새를 진하게 풍기며. 언뜻 향기 사이로 묘한 체취가 코를 찔렀다. 이 엄마는 엉뚱한 짓을 하다 온 게 분명하다. 자신의 아이를 내팽개치고, 화려하게 옷을 차려입고, 아이 따위는 존재하지 않는 양 낯선 남자와 몸을 섞고 온 게 틀림없다. 장담컨대, 그러느라고 오늘 늦은 것이다.

아이 엄마는 현관 앞에 앉아 자신을 기다리고 있는 여자와 아이를 보고 놀란 듯 눈이 둥글어졌다. 어린이집은 불이 다 꺼져 있었고 여자는 코트를 입고 신발까지 신은 채였다. 여자는 아이 엄마의 시선에 아랑곳하지 않고 차갑게 아이를 건넸다. 별다른 변명도 없이 있는 대로 얼굴을 일그러뜨리곤 쫓아내듯 둘을 문밖으로 몰아냈다. 여자는 둘을 앞서 급히 걷기 시작했다. 어서 어서, 집에 가야 한다. 남편을 아이들에게서 구해내야 한다.

여자는 지면을 박차듯이 밀어내며 걸음을 옮겼다. 전철을 타고, 온갖 인간들의 틈바구니에 섞여, 지상으로 올라와, 점점 좁아지는 골목으로. 급히 급히, 왼쪽으로 한 번, 오른쪽으로 두 번, 다시 왼쪽으로 한 번. 그리고 거기, 자신이 사는 낮고 초라한 빌라가 눈에 들어왔다. 숨을 죽이며 화단 위로 천천히 시선을 옮기는 순간, 여자는 꺄악— 하고 날카롭게 소리를 질렀다. 그녀가 내지른 비명의 메아리가 공기 중으로 빠르게 흩어졌다.

입구에 긴 그림자가 하나 서 있었다. 그것은 여자를 향해 다가오며 천천히 두 갈래로 나뉘어졌다. 아이들이었다. 여자의 아들들. 자신이 잉태했던 기괴한 아기들. 한 뿌리에서 나온 두 마리의 어두운 괴물들.

"아빠는, 아빤 어디 있어……?"

여자가 소리쳤다. 왠지 울음이 섞인 외침이었다. 아이들이 슬픈 표정을 지었다. 그러곤 여자의 인생을 좀먹은 지긋지긋한 단어를 동시에 입 밖으로 뱉었다.

"엄마."

여자의 눈동자가 두 아이 사이를 빠르게 오갔다. 누가 큰애이고 작은애인지 알 수가 없었다. 그늘져서 눈 옆의 점도 보이지 않았다. 한 아이가 여자의 어깨를 짓누르듯 감싸며 낮게 중얼거렸다.

"미역국을 끓이셔야죠."

다른 아이가 돌림노래를 하듯 똑같은 어조로 읊조렸다.

"아빠가 그렇게 해달라고 했잖아요."

"뭐라고?"

여자가 되물었지만 소리가 목에 걸려 나오지 않았다. 아이들은 여자의 팔을 양쪽에 꿰고 건물 안으로 그녀를 데리고 들어갔다. 순식간에 여자는 집 안에 있었다. 저 멀리 어두운 식탁 위에, 마른 미역 봉지가 보였다. 그 너머로 남편의 사진이 놓여 있었다. 도무지 본 적이 없는 해사한 미소를 짓고 있었다. 마지막으로 남편을 보았던 때, 그는 무슨 표정을 짓고 있었을까.

‡

병원 영안실에 누운 남편의 얼굴을 여자는 차마 볼 수가 없었다. 팔이 침대 옆으로 빠져나와 남편의 두툼한 손가락이 드러나 있었다. 왜인지도 밝히지 않고 그는 갑자기 거기에 누워 있었다. 이 불쌍한 남자에게, 누가 무슨 짓을 한 걸까.

여자보다 먼저 죽은 아버지의 얼굴을 본 건 아들들이었다. 남편은 화장실에서 목을 매달았다. 미안하다. 그가 죽기 전 남긴 말은 그게 전부였다. 미안하다, 네 글자로 요약되는 삶이라니. 도대체 그가 살아온 몇십 년은 무슨 의미를 지녔던 것일까.

"너희가 아빠를……."

여자가 말을 맺지 못한 채 주먹을 꼭 쥐었다. 그녀는

증명해 보이겠다는 듯 득달같이 아이들의 방 안으로 달려 들어가, 책장 사이에 숨어 있는 검은 노트를 헤집 어 꺼냈다. 페이지가 펄럭거리며 넘어갔다. 하지만 어쩐 일인지 그 안에 아침에 본 내용은 적혀 있지 않았다. 찢겨나간 흔적도 없었다. 그저 의미 없는 낙서들로 가득한 노트였다. 오늘 날짜에 빨갛게 동그라미가 쳐져 있을 뿐이었다. 정성을 들여 세 번쯤 꼭꼭 눌러 그린 빨간 동그라미. 이 아이들이 무슨 마법을 부린 걸까. 여자가 매섭게 눈을 치켜뜬 채 거칠게 숨을 몰아쉬었다. 아들들이 깊어진 눈으로 여자의 어깨를 조몰락 거리며 등을 토닥였다.

여자는 그 집을 떠나고 싶었지만 그들은 그럴 형편조차 되지 않았다. 처음에는 끔찍했다. 하지만 차차 여자는 남편과 함께 살고 있는 거라고, 그들 가족이 온전하다고 스스로를 위안하기 시작했다. 과거와 현재가 뒤죽박죽되고 원인과 결과가 뒤엉켰다. 눈을 떠도 꾸는 꿈을, 의사는 마음의 병이라고 했다. 마음이 세계를 받아들이지 못할 때 만들어내는 이미지들이라고 했다.
여자는 입을 닫았다. 표정이 냉랭해졌다. 아이들을 거역하는 건 무의미하다. 아니, 위험하다. 자신까지 죽임을 당할 수는 없었다. 살아야 한다. 그러므로 아이들에

36

게 복종해야 한다. 그녀는 말없이 생선을 굽고 국을 끓였다. 아이들이 상을 꺼내 맞잡았다. 남편이 늘 누워 있던 거실, 그 자리에 봉분처럼 상이 놓였다. 나물을 하고 전을 부쳤다. 국화꽃을 한 송이씩 던지듯 아이들이 그것들을 차례로 상 위로 올렸다. 어느덧 준비가 끝났다. 여자는 옆으로 물러섰다. 인정하고 싶지 않아 영정 앞에서도 절 한 번 하지 않은 여자였다. 여자 대신 두 아들이 번갈아 향을 꽂고 절을 했다. 중앙에 놓인 남편의 사진 앞으로 흰 연기가 안개처럼 자욱하게 서렸다.

남편을 향한 의식이 끝나고 그들은 둘러앉아 밥을 먹기 시작했다. 아이들은 허기진 맹수들처럼 맹렬하게 음식을 탐했다. 여자는 은밀하게 두 아이를 훔쳐보았다. 자신이 세상 밖으로 내놓은 의미를 알 수 없는 결과물들을.
하루 사이에 아이들은 제 고치를 뚫고 나와 허물을 벗은 것 같았다. 몹시 어려 보이고 또 몹시 늙어 보였다. 문득 환영처럼 두 아이의 얼굴에 뿌리를 알 수 없는 오래된 얼굴이 스치고 지나갔다. 영겁의 세월을 거치고 아비와 어미를 통과해 여자의 몸을 갈라낸 두 개의 얼굴이 열일곱의 나이를 지닌 채 여자 앞에 앉아 있었다. 여자가 천천히 숟가락을 들어 미역국을 입으로 가져갔다. 짭짜름하고 미끌미끌했다. 한 숟갈 두 숟갈. 잘도 목구멍으로 넘어갔다. 알 수 없는 기분이 몸의 구석구석으로 가지를 뻗어나갔다. 새로 태어난 것 같았다.

손원평

서울에서 태어났다. 서강대학교에서 사회학과 철학을 공부했고 한국영화아카데미에서 영화연출을 전공했다. 《아몬드》로 창비청소년문학상을, 《서른의 반격》으로 제주4·3평화문학상을 수상했다.

+

Q. 당신이 생각하는 몬스터는 어떤 모습인가요?
이해 불가의 타인을 부르는 말. 하지만 실은 우리 모두의 내면에 도사리고 있는 것.

드릴, 폭포, 열병

윤이형

가해망상이라는 게 있어.

그게 뭔지는 감이 오지? 피해망상의 반대야. 사실은 아무것
도 잘못한 게 없는데도 자기가 뭔가 잘못한 게 아닐까, 누구
에게 해를 끼친 게 아닐까 쉴 새 없이 생각하게 되는 증상이
지. 친구가 갑자기 블로그에 화난 어조로 글을 쓰거나, 계정
을 폭파해버리거나 할 때, 그게 너 때문이라고 생각해본 적
이 없니? 나는 있어. 내가 나도 모르게 무슨 말을 해서 저 애
의 심기를 건드렸을까, 이걸 어떻게 해야 할까, 걱정에 사로
잡혀 있다가 견디지 못하고 친구에게 전화를 걸어 '혹시 나
때문이야?' 하고 물어본 적이, 그것도 여러 번 있어. 그러면
친구는 깜짝 놀라면서 '아니? 뭔 소리야, 너 뭐야, 왜 세상일
이 다 너를 중심으로 돌아간다고 생각하는 거야' 하고 깔깔
거리며 웃곤 했고, 나는 겨우 안심하곤 했지.

41

드릴, 폭포, 열병   윤이형

다 자존감이 낮아서 발생하는 일이야. 자존감이 높은 사람은 세상 나쁘고 흉한 일들이 다 자기 때문이라고 그렇게 쉽게 생각하지 않아. 그걸 좋은 의미의 자존감이라고 해야 할지는 모르겠지만.

아니, 너를 비난하려고 하는 말이 아니야. 나는 다만 우리 모두가 정신을 차릴 수 없을 정도로 불안정한, 그래서 우리를 취약하게 만드는 상황 속에서 살아갈 수밖에 없다는 말을 하고 있는 거야. 돌아가는 믹서 속 같지. 내가 왜 이 통 속에 들어와 있는지도 잘 모르겠는데 정신을 차려보면 밑에서는 칼날이 막 돌아가고 있고, 너나 할 것 없이 죄다 갈려나가고 있는 거야. 위에 있는 과일들은 사정없이 눌러대지, 밑에서는 비명이 끊이지 않지, 이런 상황에서 자존감을 어떻게 가질 수 있겠니. 미치지 않고서야 불가능한 일이지.

물 한 잔 마시고 숨 좀 돌려. 잠깐만 눈을 감고 호흡을 가다듬어봐. 바닥에 발이 닿지? 내가 마음수련 하면서 배운 건데, 항상 바닥을 중심으로 생각하래. 너무 어지러울 때는 네가 땅을 밟고 서 있고 그 땅이 아직 무너지지 않았다는 걸 기억해. 그리고 여기가 어딘지를 차근차근 되새기는 거야. 그러면 조금 나아지더라, 나도 해봤는데 말이야.

너무 불안할 때 내가 떠올리는 광경이 뭔지 아니. 산이나 바다나 호수 같은 자연의 정경은 아니야. 그런 대자연 앞에 서있으면 나는 마음이 편해지기는커녕 내가 너무 작아서 오히려 그 거대함 안으로 빨려 들어가버리고 말 것 같더라고. 나는 대신에, 누수 탐지를 하는 사람들을 떠올린단다.

진짜 오래된 빌라에 살아봤니? 나는 살아봤어. 지금은 아파트로 이사했지만, 그전에는 정말 낡아서 집세가 싼 집에 살았거든. 우리 집이 4층이었는데, 1년에 한두 번씩은 꼭 3층이랑 2층 사람들이 물이 샌다며 올라오곤 했어. 천장에서 물이 떨어진다는 거였지. 생활을 할 수 없을 정도로 심하다고 해서, 우린 그때마다 집주인을 불러야 했어. 집주인은 자신이 모두 비용을 댈 테니 누수 탐지 업체를 불러서 원인을 찾아보라고 했지. 상식대로 생각하면 그렇게 오래된 건물을 굴리면서 유지 관리를 제대로 하지 않았으니 집주인에게 책임을 물어야 할 것 같지. 그런데 3층과 2층 사람들은 그러지 않더라. 집주인 앞에선 허리를 굽혀 인사를 하고 성난 표정도 짓지 않고 음료수까지 사다 바치던걸.

대신 그 사람들은 우리를 노려봤어. 우리가 4층에 살고 있다는 이유만으로, 대체 물을 어떻게 쓴 거냐고, 하루에 몇

43

번 세탁기를 어떻게 돌리느냐고 꼬치꼬치 따져 묻고. 심지어 우리 집에 애가 있는데, 물 새는 것 때문에 올라와서는 뜬금없이 애가 집에서 뛰어다니는 소리 때문에 머리가 아프다고까지 하지 뭐니. 하지만 그때 우리 애는 이미 초등학교에 다니고 있었고 집에서는 걷는 소리조차 조용조용했거든. 아주 어린애면 모를까 그만큼 큰애가 소리를 내면 얼마나 낸단 말이니? 아주 어이가 없지.

아무튼 그래서 누수 탐지를 하는 사람들이 왔어. 4인조였어. 남자 네 사람. 아주 기민하고 절도 있게 합을 맞춰 움직이더라. 머리에는 헤드폰 같은 걸 쓰고 거기에 연결된 소리를 찾는 장비를 마룻바닥 여기저기에 갖다 대는데, 그걸 보고 있으니 저절로 숨이 죽여지고 엄숙한 마음마저 들지 뭐겠니. 장인이랄까. 아니면 예술가랄까. 각자의 이익을 지키려고 눈에 불을 켜고 우리 집에 올라와 있던 사람들 곁에서, 그리고 심란하게 손톱을 깨물며 서 있던 우리 곁에서, 그 온갖 번잡함에서 완벽하게 분리돼서는 집의 소리를 들으려고 고요하고 조심스럽게 몸을 움직이는 그 사람들이 내 눈에는 그렇게 보이더라고.

그 사람들은 우리 집에 올 때마다 의심 가는 곳 서너 군데를 찾았어. 그러고는 드릴이랑 망치랑 끌로 거길 뜯어내고 두드리고 파헤쳤지. 그렇게 5년인가를 계속 그랬으니 우리 집 마룻바닥은 전부 해서 열 군데가 조금 넘는 곳이 파헤쳐졌지. 그런데, 그래서 결론이 뭐였는지 아니.

없었어.

우리 집엔 물이 새는 곳이 없었어. 배관도 잘못되지 않았고, 물이 고인 곳도 없었어. 잘못이 있다면 우리 집과 5층 사이 어딘가에 있었을 텐데, 그건 우리 집에서 파 내려가서 찾을 수 있는 부분이 아니었어. 결코 우리 집의 영역이 아니었던 거지. 건물을 통째로 다 두들겨 부수면 나오겠지만, 당연히 그럴 수는 없는 일이었지. 그날도, 그다음 날도 사람이 살아야 하니까. 집주인이 그렇게 설명하자 5층과 2층 사람들도 할 수 없이 수긍하더라. 그리고 천장에서 새던 물은 이상하게도 그렇게 누수 탐지를 하고 나면 그다음 날이나 다다음 날쯤에는 거짓말처럼 뚝 멈추곤 했어. 집이 나이 들어 가끔씩 우나 보다, 우린 그렇게 생각할 수밖에 없었지.

그런데 왜 5년이나 그 일이 계속됐느냐고? 5층과 2층 사람들이 계속 이사를 나갔거든. 물 때문은 아니었어. 정확히 말하자면 물이 새는 것 때문에 자기들끼리 몇 번이나 시비가

45

붙더니, 서로 의가 상해서는, 결국 마늘 빻는 소리가 너무 시끄럽네 어쩌네 하면서 멱살을 잡고 드잡이까지 했고, 어느 날 아침엔 경찰차까지 오고, 아주 난리도 아니었지 뭐야. 그러더니 차례차례 이사를 가더라고. 거기 들어와 새로 살게 된 사람들은 또 물이 샌다고 올라오고. 또 그냥 내려가고. 또다시 그 과정에서 서로 의가 상했어. 그렇게 자꾸만 세입자가 바뀌었어.

그런데 어떻게 해. 그건 우리 집 잘못이 아닌 걸. 아무리 헤집어도 나오지 않는 걸. 그 일련의 과정을 겪으면서 나랑 남편이 무슨 생각을 하게 되었는지 아니. 세상에 이런 집이 얼마나 많을까. 이런 일이 얼마나 많을까. 아니 어찌 보면 우리가 사는 세상 전체가 이 낡은 빌라 같은 것이 아닐까. 나랑 남편은 그 일들을 겪으면서 아무한테도 우리 심정을 토로하지 못했단다. 우리 애 역시, 집이 자꾸만 파헤쳐지니까 이상하고 불안했을 텐데, 아무런 못된 짓도 이상행동도 하지 않고 꾹 참고 견뎠어. 우리는 피해를 본 사람들이었는데도 나쁜 사람들로 취급받았지만, 그걸 어디에도 말하지 않았고, 2층과 3층 사람들을 미워하지도, 원한을 품지도 않았어. 정말 운이 좋게 아파트 청약 넣어둔 게 당첨이 되어 이사를 나

가면서 아 정말 지긋지긋하다, 다시 보지 말자, 생각하기는
했지만, 아무한테도 증오심을 갖지는 않았어.

어떻게 그렇게 할 수 있었는지 아니?

그 사람들. 우리 집을 파헤치러 온 누수 탐지 업체 4인조. 그
사람들이 우리를 안타깝게 여겨줬어. 그들은 우리 집에 문
제가 없다는 걸 알면서도 아주 조금이라도 의심이 가는 곳
은 파헤쳐야 한다는 걸 알고 있었고, 그렇게 말해주었고, 시
끄러운 소리를 내야 하는 것에 대해 미안해했어. 표정이랑
태도에서 진심이 배어났어. 나는 처음에 그들이 내는 드릴
소리가 괴롭고 힘들었거든. 그런데 점점 그게 힘들지 않아
지더라. 반대로 어느 순간부터 우리의 결백을, 우리의 떳떳
함을 밝혀주는 소리로 들리기 시작했어.

서로가 그렇게 존중하면서 일을 진행하면 되는 거였어. 그
래서 난 지금도 마음이 힘들면 그들의 모습부터 떠오른단
다. 살다 보면 서로에게 드릴을 들이대야 하는 일도 생기는
거야. 하지만 예의를 지키면서 하면 원한이 생길 일이 없지.
그리고 정말 '그냥' 일어나는 일들도 있다는 사실을 나는 그
일을 겪으면서 이해하게 되었어.

47

아니, 그런 말이 아니야. 나는 그 일이 누구의 잘못도 아니라는 말을 하고 있는 게 아니란다. 내가 이해한 바가 맞다면, 그쪽 단체에서 내부고발자라고 나섰던 그 사람, 한동미에게 가장 큰 책임이 있겠지. 무슨 일이 일어났는지 정확히는 알 수 없어서 잘못이라는 말은 못 하겠구나. 잘못과 책임 사이에는 또 무시할 수 없는 차이가 있잖니. 직접적인 잘못을 하지 않은 사람들도 도의상 책임을 느낀다, 책임을 통감한다는 말을 할 때가 있지. 아무튼 네가 알아낸 바로는 한동미와 혜서 사이에 오래된 원한 관계가 있었고, 그래서 한동미가 없는 횡령죄를 만들어내서 혜서에게 덮어씌웠다는 거지.

그래, 그랬을 수도 있겠구나. 하지만 아니었을 수도 있지. 우리는 그 복잡한 일들이 일어났을 때 그 자리에 있지 않았잖니. 그러니까 쉽게 말할 수 없는 부분이지. 쉽게 말할 수 없지만 슬프게 끝난 일에 대해서는 비극이라는 말을 쓰는 게 옳지 않겠니. 지금 와서 한동미에게 책임을 물어 또 한 명의 대역죄인을 만든다면, 그래, 그럴 수도 있겠지만, 그래도 혜서는 돌아오지 않잖니. 그리고 생각해보렴. 이런 상상은 정말이지 하고 싶지 않지만…… 만에 하나 한동미도 구석으로 몰려 혜서처럼 극단적인 선택을 하면 어떻게 하지? 그런

48

다고 우리 마음이 편해지겠니? 아니야, 그렇지 않아. 절대로 그렇지가 않단다. 두 배로 마음이 무거워질 뿐이지. 아니 무거워지는 정도가 아닐 거야. 시커멓게 타들어가게 되지. 너랑 나, 그리고 우리 모임 사람들만 그런 게 아니야. 이 일을 알고 있는 모든 사람의 마음에 도저히 걷어낼 수 없는 어둠이 드리워지게 된단다. 모두가 절대로 이 일에서 헤어날 수 없게 될 거야. 언제까지나 말이다.

유가족분들 말이구나. 그래, 그분들은 책임을 물을 수 있지. 당연히 그럴 권리가 있지. 누군가를 고발하거나 법정에 세울 수도 있겠지. 그렇지만 윤경아, 잘 생각해보렴. 그분들은 '이미' 혜서가 억울하다는 사실을 알고 있단다. 단 한 번도 의심해보지 않으셨을 거야. 그리고 지금 혜서의 억울함을 말해주는 사람들이 많이 있지 않니. 꼭 우리까지 나서서 그 말을 해야 하는 건 아니라고 나는 생각하는데.

회피?

회피라고 했니. 아니야, 그렇지 않아. 회피라는 건 집에서 아이가 쿵쾅거리며 뛰어서 아랫집 사람이 올라왔을 때, 자기네 아이는 뛰지 않았다고 하는 사람에게 쓰는 말이지. 너도 알다시피 그 일은 그런 게 아니었잖니. 무슨 일인가가 오

드릴, 폭포, 열병   윤이형

래된 빌라 건물 벽 속 어디쯤에서 벌어진 거나 마찬가지란다. 우리의 영역도 아니었고, 우리가 드릴로 파봤자 거기까지는 닿지도 않는, 그야말로 아무도 볼 수 없고 알아낼 수도 없는, 이상하고 저주받은 돌들이 눈물을 흘리는 곳에서 그일은 일어났지. 너도 기억하잖니. 우리는 잘못한 게 없는데도 의혹의 시선을 받았지. 단지 혜서가 우리 모임의 회원으로 가입되어 있다는 이유만으로. 혜서는 작년부터 우리 모임에는 나오지도 않았고 홈페이지에 이름만 올라 있는 상태였는데도 말이야. 너의 이름, 나의 이름, 그리고 우리 모임 사람들의 이름들이 전부 다 까발려져 누리꾼들의 댓글에 오르내렸지. 그때 우리가 얼마나 속이 썩어 들어갔는지, 누구보다 네가 잘 알지 않니.

혜서가 전부해서 여섯 개나 되는 모임에 가입되어 있었고, 그중 혜서의 안부를 들은 지 가장 오래된 모임을 꼽으라면 다름 아닌 우리였는데도, 우리는 직접적인 가해자처럼 취급되어 오해와 비난을 받아내야 했잖니.

그들은 공동체적 해결을 하라고들 했지.

그렇지만 하늘에 맹세코 우리는 혜서가 그즈음 어떤 일들을 하고 있었는지, 어떤 생각과 말과 행동을 하며 살아가고 있었는지, 오래전에 대체 누구와 무슨 관계가 있었는지, 잘못이 있었다면 무엇을 어디서부터 어디까지 잘못한 건지, 없었다면 또 어디서부터 어떻게 일이 잘못된 건지, 알 수가 없었지.

그런데도 사람들은 우리를 비난했어.

물이 떨어진다고 말이지.

당장 집을 고치라고 말이야.

너희한테 책임이 있지 않느냐면서.

우리는 그래도 그 사람들을 미워하지 않았지.

마음에 물이 떨어지고 있었을 테니까.

그 사람들 역시 떨어지는 물방울을 직접 본 것은 아니었겠지만 마음에 상처를 입었을 거라고, 나는 생각했어.

혜서가 하고 있던 일들 때문에 더 그랬는지도 모르겠어. 해외 결식아동 지원사업 홍보, 철거민 지원, 호스피스 봉사활동 같은 거 말이야. 혜서는 그런 일을 아주 많이 하고 있었으니까. 여섯 군데 모임 중 후원금을 받는 곳이 네 곳이었지. 한 번쯤 혜서와 관계있는 곳에 후원을 해본 적이 있는 사람들이 제법 많았을 거야. 그리고 혜서는 개인적으로 친한 사람이 많기도 했으니까. 네임드 중에 한 다리만 건너면 혜서와 아는 사이인 사람들이 수두룩했어. 그 사람들 모두가 큰 실망을 했던 거겠지. 아주 큰 실망을 말이야.

할 수만 있다면 공동체적 해결을 하고 싶었지. 혜서를 불러서 모든 걸 물어보고, 위원회 같은 걸 꾸리고, 진상 조사를 하고 싶었어. 그렇게 해서 무언가를 밝혀낼 수만 있다면 말이야. 그렇지만 우리가 아무리 연락을 해도 혜서는 받지 않았지. 아마 받을 경황이나 심리적 여유가 없었을 거라고 생각해. 그 횡령 사건이 일어났던 단체와, 혜서가 그다음으로 가장 활발히 활동하던 모임, 그 두 군데에서 조사가 시작되었기 때문에. 그 상황에서 우리가 공문을 보내고 내용증명을 보냈더라도 혜서는 대답하지 못했을 거야. 단지 물리적으로 그럴 시간이 없어서.

그래서 우리는 대신, 드릴 소리를 계속 듣고 있었잖니. 사람들이 계속 우리를 비난하는데 어떻게 손도 쓸 수 없는 채로 말이야. 그 사람들은 우리를 존중하지도 신뢰하지도 않았지. 그래도 어쩔 수 없다고 나는 생각했단다.

그런 게 세상일이니까 말이야.

그때 나는 느꼈어. 그 사람들 역시 무언가를 깊이 두려워하고 있다고 말이야.

가만히 있으면 불의에 침묵하는 사람이 되고 마니까.

손을 들어 누군가를 가리키지 않으면, 누군가가 수상하다고, 왜 아무 말도 하지 않느냐고 자기를 가리킬 것 같아서, 먼저 입을 여는 거야.

나는 그 사람들을 비난하지 않아. 오히려 깊이 이해한단다. 윤경아, 잘 생각해봐. 너도, 나도, 우리 모두 다 그 사람들과 같아.

우리는 하나같이 두려워하고 있을 뿐이야.

두려움 앞에서 우린 모두 평등한 거야. 우월도 열등도 없이 평등하지. 잘못이나 책임 같은 말들을 남들에게 붙이면서, 혹은 어떨 때는 자기에게 붙이면서, 다름 아닌 두려움 때문에 그렇게 하면서, 자기의 두려움에 대해서는 아무도 생각하지 않지. 두려워서 했던 일들, 두려워서 하지 않았던 일들이 그렇게 많은데도.

옳음이나.

정의나.

윤리라든지.

그런 말들보다는, 나는 두려움이라는 말을 믿는단다. 자신의 두려움을 똑바로 바라볼 수 있는 사람을, 자기가 겁쟁이

53

라는 걸 인정하는 사람을, 나는 조금 더 신뢰하고 싶구나.

이구아수폭포에 가본 적이 있어.
그래, 그 유명한 홍콩 영화에도 나오는 거기 말이야. 브라질과 아르헨티나 사이에 있는 곳이야. 세계의 끝이라고도 하고.
거길 어떻게 가게 됐느냐면, 아주 옛날에 케이블에서 하는 여행 프로그램 PD로 잠깐 일한 적이 있었거든. 예산이 바닥나서 개편에서 잘렸지만, 사회에 나와서 일이라는 걸 하면서 내가 누려본 최고의 사치였어, 그 시절은 내게.
아름다웠느냐고.
응, 아름다웠지. 말로 표현할 수 없을 정도였어. 하지만 거기서 아름다움보다 더 크고 선명하게 느낀 게 뭔지 아니.
무서움이었어.
악마의 목구멍이라고 불리는 그 거대한 물구덩이 있지. 그게 무서웠다는 게 아니야. 거긴 커다란 국립공원으로 되어 있는데, 모든 것을 다 끌고 들어갈 것 같은 그 거대한 물구멍이 저만치에 보이고, 그 위에 놓인 난간 있는 철골 구조물을 관람객들이 걸어가게 되어 있어. 구조물은 아주 촘촘한 격

자처럼 생겨서 아래가 훤히 들여다보였지. 발아래로는 콸콸
물이 흘러가고, 왼쪽에도 물, 오른쪽에도 물, 앞에도, 뒤에
도 온통 물인 그런 구조였어.

안전하다고 보기에는 너무 낮은 난간을 붙잡고 천천히 걸어
가는 동안, 물이 무섭다는 생각은 전혀 들지 않았어. 오히려
내 마음은 극도로 평온했어.

그 평온함은, 뛰어내려야 한다는 마음으로 이루어져 있
었고.

거기는 뛰어내리라고 있는 곳이었어. 반드시, 당연히, 뛰어
내려야 할 것 같았어. 뛰어내리지 않는 게 너무나 잘못된 일
이고, 그러니까 나는 지금 죄를 범하고 있다는 마음, 한참
전에 저리로 뛰어내렸어야 했는데 그러지 못하고 이렇게 철
로 된 다리 위를 걸어가고 있는 것이, 얼마나 엄청나게 부조
리한 일이고 이치에 맞지 않는 일인지……. 나는 온몸과 온
마음으로 느끼고 생각했어. 뛰어, 뛰어, 뛰어야 해! 심장이
그렇게 소리쳤어. 뇌가 그렇게 부르짖었어. 그런데도 어떻
게든, 어떻게였는지, 난간을 꽉 잡고 걸어갔어.

그리고 그 다리에서 벗어나 땅을 디뎠을 때, 비로소 무서움
이 밀려들더라.

55

드릴, 폭포, 열병   윤이형

그 물 위에서는 그게 옳아 보였어. 그렇게 사방을 에워싸고 집채만 한 짐승처럼 소리를 질러대고 울부짖으며 흘러가는 물줄기 한복판에선, 나는 뛰어내려야 한다는 것 말고는 조금도 다른 생각을 할 수 없었어. 몸 전체의 감각이 그렇게 바뀌어버렸던 거야. 뇌가 평소와는 완전히 다른 식으로 작동했던 거야. 지금 그 미친 물 위에 달랑 놓인 다리에 올라간다면, 나는 역시 똑같이 생각할 거야. 그럴 수밖에 없을 거야.

그게, 너무 무서웠어. 물이 아니고 내가. 그 물 위의 나는, 대체 누구였을까? 아니, 뭐였을까? 그렇게 평온하고 고요한 상태로 아래를 보며, 나는 저 아래 속해 있다고 의심 없이 믿고 있던 나는.

그건 정말 내 믿음, 내 생각이었을까?

그날은 비가 왔는데 나는 하필 아주 짧은 반바지와 소매 없는 티셔츠를 입고 있었어. 숙소에서 나올 때까지만 해도 하늘은 쾌청하고 숨이 훅훅 막힐 정도의 열기가 땅에서 막 올라왔지. 그래서 긴팔 옷이나 담요 같은 걸 챙겨야 한다는 생각조차 하지 못했어. 그 전과 그 후에는 당장 필요 없는 물건들도 꼼꼼하게 챙겨서 가방에 넣어 다니던 우리 팀 일행도 그날은 더위와 오랜 일정에 너무나 지쳤는지, 그래서 잠깐 긴장을 잃어버렸는지, 모두 다 우산조차 준비하지 않고 헐벗은 옷차림으로 숙소를 나와버렸어.

그런데 국립공원에 들어가 폭포에서 촬영을 한 차례 마치자마자 하늘이 갑자기 어둑해지고 흐려지더니, 순식간에 천둥이 치면서 폭우가 쏟아지기 시작하는 거야. 어떻게 하니, 촬영은 조금 더 남아 있었지만 우리는 급히 철수할 수밖에 없었지. 간이매점 같은 게 하나 있기는 했어. 뜨거운 커피, 코코아 같은 건 팔더라. 하지만 우산은 팔지 않았어. 우비는, 원래는 파는데 다 떨어졌다고 했어.

할 수 없이 우리는 땀을 닦으려고 넣어 온 조그만 수건을 하나씩 머리에 얹고 쏟아지는 빗속을 걸었어. 카메라가 젖을까 봐 걱정에 걱정을 거듭하면서 말이야. 폭포에서 공원 출구까지 걷는 그 짧은 시간 동안에 그 일이 일어났지.

뭐가, 물었어.

아마도 날벌레가. 모기인지 혹은 다른 무엇인지 모를 열대성 곤충이.

그곳에는 나무가 많았으니까 말이야.

우리 팀에서 나만 물렸어. 두 군데였어. 종아리에 한 방, 그

드릴, 폭포, 열병   윤이형

리고 관자놀이에 한 방. 흘러내리는 빗물이 질척해서 가려운 건가 생각하고는, 뭐가 물린 줄도 모르고 나는 그곳들을 무심결에 긁어댔어. 그 뭔지 모를 곤충이 날아와 앉는 것도 전혀 느끼지 못했는데, 물린 것도 나중에 숙소에 돌아와서야 알아차렸어. 새빨갛게 부어올랐는데, 느낌이 뭔가 다른 거야.

내가 아는 어떤 벌레도 사람을 그렇게 물지는 않는다고 생각될 정도로 커다랗고 단단하게 부었어. 진물이 흘러나오더라. 그런데 바로 조치를 취하지는 못했어. 그날 우리 팀 모두가 엄청난 열감기에 걸려버리는 바람에.

숙소에 돌아와 누웠는데 앞이 잘 보이지 않는 거야. 끙끙 앓으면서 자다가 겨우 눈을 떴는데 자리에서 일어날 수가 없었어. 그런데 근방에는 병원도 없고, 그 흔한 약국조차 없었어. 우리가 못 찾은 건지도 모르겠지만 아무튼 근처에는 없더라고.

다음 날에도 열이 끓어올라서 우리는 모두 숙소를 나서지도 못하고, 일정을 다 포기한 채 가만히 누워서 쉬었어. 수소문해서 병원을 찾아갈 힘조차 없었어. 열감기인지 독감인지, 아무튼 심상치 않다는 생각만 각자 하면서 말이야. 음식조차 먹지 못해서 누워 있다가, 간신히 샌드위치 반 조각을 씹어 넘기는데 구토가 밀려오더라. 다 토해버렸어.

막내 작가가 나보다 훨씬 심하게 아파서, 그 애도 챙겨야 했어. 한국에 연락을 해볼까 했지만, 뭐 어떻게 해. 방송국 사람들이라고 현지 사정을 아는 것도 아니고 당장 우리를 낫게 해줄 뭐 뾰족한 방법이 있는 것도 아니잖아. 그렇게 모두 함께 펄펄 끓다가, 그다음 날이 되어서야 차를 타고 겨우 다른 지역으로 이동할 기운이 났어. 그리고 이동하는 도중에 그 포스터를 보게 됐어.

거리 곳곳에 그 포스터가 붙어 있더라.

하얀 종이에 녹색 잉크로 네 컷 만화가 인쇄되어 있었는데, 내용은 다음과 같았어.

1) 모기에게 물렸다면

2) 즉시 병원에 가라. 연고를 처방받아 발라라.

(꽃무늬가 그려져 있는 연고였어.)

3) 만약 병원에 가지 않으면

4) 정말 큰일이 생길 것이다.

네 번째 컷에는 두 눈이 X자 모양으로 그려진 곱슬머리 여자가 원피스를 입고 서 있었는데, 그 사람의 양다리가 이상

59

드릴, 폭포, 열병   윤이형

할 정도로 두껍게 그려져 있었어. 코끼리 다리처럼.

나는 병원에 가야겠다고 생각했어. 하지만 막내 작가가 그 때까지도 많이 아파서, 일단 그 애를 보살펴야 했으니까 내 몸에 대해서는 곧바로 어떤 조치를 취하지 못했어. 그리고 그렇게 극심한 열에 시달리다 보니, 벌레에 물린 데가 가려 운 느낌은 상대적으로 덜하기도 하더라고. 경황이 생기는 대로 병원에 가봐야지, 생각하면서 나는 그냥 있었어. 참았 지. 상처에선 계속 진물이 흐르고, 완전히 땡땡 부어오르고 있었지만, 어떻게 할 여유가 없었어.

옆 도시의 시내로 가서, 막내 작가와 포토그래퍼는 병원에 가고, 나는 노트북을 열고 폭포에서 찍어 온 영상을 미친 듯 편집했어. 남은 일정을 어레인지해야 했고, 다음 촬영할 장 소들과 원고도 점검해둬야 했고.

그러다가 병원에는 못 가고 결국 약국에 가서 연고를 사서 발랐어. 포스터에 있던 것과 똑같은 꽃무늬가 그려져 있는 연고가 있더라고. 그리고 그걸 바르자, 너무나 신기하게도 곧바로 가려움이 싹 사라지면서 부어 있던 환부가 가라앉는 거야. 괜찮냐고 모두가 물었어. 괜찮더라고.

다른 사람들도 겨우 감기에서 회복되었고 ― 병원에선 비를 맞고 돌아다녀서 유행성 감기에 걸린 거라고 평범하게 말했대 ── 나도 나아졌고, 그렇게 해서 우리는 다음 일정을 진행할 수 있었어.

다음 숙소는 호스텔이었어. 좋은 호텔에 묵을 만한 여유는 없었어. 그렇게 예산이 빵빵한 프로그램이었다면 유명 배우나 작가를 섭외해서 출연자로 데리고 다녔겠지. 우리 프로는 그런 게 아니었어. 그저 평범하게 자연 다큐멘터리처럼 찍어서 나중에 성우의 내레이션을 입히는 형식이었어. 예산이 충분했더라도 사치스러운 호텔에 묵는 일에 큰 의미가 없기도 했고. 모두들 욕망도 없었어. 우린 일하러 간 거지 관광하러 간 게 아니었으니까 말이야. 모두 아침 일찍 나가 밤이 늦어서야 녹초가 돼서 돌아오는 처지였고, 숙소에선 그저 몸을 눕힐 보통 수준의 침대, 그리고 달걀과 베이컨이 나오는 아침 식사만 있으면 됐어.

하지만 막상 숙소에 도착해보니, 호스텔 수준이 기대보다 좀 많이 떨어지기는 했어. 방은 2층 침대 여러 개가 놓인 도미토리였고, 욕실도 공용으로 사용해야 했어. 혹시나 하고 근방의 다른 숙소들을 알아봤지만, 때마침 그때가 그 지역의 극성수기여서, 단 한 군데도 방이 없었어. 할 수 없었지. 우리는 거기서 묵기로 했어. 도미토리 방 안에선 떠들 수 없으니까, 호스텔 마당에 놓인 테이블에 둘러앉아, 맥주와 안주를 먹으면서 회포를 푸는 걸로 만족해야 했지만.

그래도 밤은 아름답더라. 공기가 좋았고, 브라질 교외에 있던 지금은 이름조차 잊어버린 그 마을 경치도 참 예뻤어. 그리고 몸이 아프지 않으니까 그것만으로도 정말 살 것 같지 뭐야.

그날 밤 안주를 집어 먹다가 그만 볼 안쪽 살을 세게 씹어버렸어. 너무 피곤한데 긴장이 풀려서 그랬을까. 순간적으로 이가 헛나갔나 봐. 눈앞에 별이 번쩍할 정도로 아팠어. 침을 뱉어보니, 피가 나더라고.

아 정말 뭐야, 어디까지 수난이 계속되는 거야, 나는 투덜댔어. 그래도 그때까지는 웃고 있었지.

다음 날 아침 욕실로 가서 세수를 했어. 양치를 하고 거품을 뱉는데 또다시 피가 섞여 나오더라. 아 진짜 뭐야, 나는 생각했지. 칫솔이 살짝 스친 것 같긴 한데, 아프지는 않은데, 거품이 온통 새빨갰어. 왜 안 멎지? 뭔가 불길하다는 생각

정도는 했지만, 그뿐이었지.

입을 헹군 다음 수도를 틀려는데 세면대 물 내려가는 부분에서 뭐가 움직였어. 그, 구멍에 금속 재질로 된 물마개가 끼워져 있잖니. 그 부분에 뭐가 있는 거야.

벌레였어.

길고 가느다란, 새빨갛게 꼬물거리는, 선충.

실지렁이라고 하던가, 그런 걸. 아니, 검색하지 마. 안 하는 게 좋을 거야. 여러 마리였어. 그게 세면대의 그 틈에 끼어 너울너울 움직이고 있는 거야. 미안해, 징그럽지. 징그러운 얘기라고 미리 말했어야 했는데. 하지만 이 얘기를 너에게 꼭 해야 한다고 생각했어. 그러니까 조금만 참고 들어줘. 그 순간 소리를 지르고 싶었는데 말이야. 소리도 지르지 못하겠더라. 그냥 목에서 헉 소리가 날 뿐이었지. 짧게 말이야. 그러고는 내가 곧바로 무슨 생각을 했는지 아니?

저게, 뭘까, 그런 생각보다는.

저게, 내 몸에서 나왔구나.

나는 그렇게 생각할 수밖에 없었어.

세수를 할 때는 보지 못했거든. 양치를 하면서 슬쩍슬쩍 세면대를 내려다보기도 한 것 같았는데, 아무래도 그런 걸 본 기억은 나지 않았어. 그건 그 순간 나타났어. 내가 치약 거품과 내 입안 상처에서 나온 피를 뱉고, 컵에 든 물로 입안을 헹궈서 뱉어낸 다음에. 그다음에 그걸 본 거야.

어떻게 해, 나는 생각했어.

저게 나한테서 나왔어, 그렇게 철석같이 믿었어.

다른 사람 아닐까? 혹은 이 세면대의 문제 아닐까? 그런 생각은 나지도 않더라. 정말 조금도 나지 않았어.

벌레에 물렸었잖아. 열이 났었고. 내가 말이야, 내가.

나는 일행들에게 말하지 못했어. 왜 그랬는지 모르겠지만, 말할 수가 없었어. 말하기엔 너무 엄청난 걸 봐버렸으니까. 그리고, 나 혼자 물렸으니까.

나는 격리될 거야.

나도 모르게 그렇게 생각했던 것 같아. 물론 그때 그 생각이 이렇게 또렷한 언어로 이루어져 있지는 않았어. 하지만 그냥 알았어. 나는 병에 걸렸어. 내 몸속에 벌레가 돌아다녀. 길고 빨간 벌레가.

그래서 내가 어떻게 했게?

방에서는 인터넷이 연결되지 않는 숙소였어. 호스텔 1층에 작은 PC방처럼 생긴 곳이 있었는데, 한 사람당 15분씩만 컴퓨터를 사용할 수 있다고 되어 있더라. 거기 앉아서 열심히 '론리 플래닛' 사이트를 검색했어. 책에는 별다른 정보가 나와 있지 않았으니까. 이구아수폭포 국립공원 지역을 여행한 여행객들의 후기를 뒤졌어. 'worm' 'red worm' 'mosquito bite worm' 같은 각종 끔찍한 단어들의 조합을 검색창에 열심히 때려 넣었어. 그리고 결국 한 단어를 찾아냈어.

'상피병(elephantiasis)'. 코끼리피부병, 코끼리다리병이라고도 한대.

모기에 물림으로써 감염되며, 열대지방, 특히 남미·아라비아·인도·하와이 등지에서 발생한다고 했어. 일단 감염되면 사상충이 혈액에 기생하면서 오한·발열, 국소의 발적·종창, 동통의 발작을 반복하면서 점차 피부가 두꺼워진대.

사상충이란 게 뭐니.

기다란 벌레 아니겠니, 실처럼 생긴.

그 사상충이 림프액의 순환을 막아서 고이게 만드는데, 그래서 피부가 땡땡 부어오르면서 딱딱해져서 코끼리 피부처럼 변한다는 거였어. 그 포스터 만화의 마지막 컷에 엄청나게 굵은 두 다리를 하고 서 있던 여자의 모습이 떠올랐어. 그

65

리고 기억을 더듬어보니, 여행 초반에 남미 곳곳의 지역들을 돌아다니는 동안, 다리가 그렇게 되어 있던 사람들을 본 기억이 났어.

한두 명이 아니었어.

그 사람들은 어떻게, 치료받을 수도 없는 것 같았어. 치료한다고 낫는 병도 아닌 것 같았고, 병원에 갈 형편도 아닌 듯했어. 그냥 그렇게 엄청나게 부어오르고 아파 보이는 다리를 한 채 체념하고 생활을, 노동을 계속하고 있는 것 같았어.

여행 후기 가운데 직접적으로 그런 병에 걸렸다는 여행자의 이야기는 없었어. 다만 그 병이 흔하니 폭포를 보러 갈 때는 반드시 긴팔에 긴바지를 입어야 하고, 절대로 맨살을 함부로 노출해서는 안 된다고, 주의하라는 내용들이 아주 많았어. 미리 그런 정보를 한 번이라도 훑어보았다면 얼마나 좋았을까. 벌레 스프레이 하나라도 챙겼었다면. 그런데 그러지 못했지. 그 직전까지 돌아다니던 곳들이 다 대도시였고, 나무나 숲 같은 것에는 가까이 갈 일이 없었으니까, 뭐에 물릴 가능성 같은 걸 생각 못 했어. 지금 생각해보면 어처구니없지. 그래도 남민데 말이야. 엄청 부주의했지. 그만큼 일이 많았고, 시간이 촉박했던 거야.

나는 그 모든 내용을 '론리 플래닛' 미국 사이트에서 잘 읽히지 않는 영어로 읽고 있었지. 글자들이 이리저리 흔들렸어. 눈의 초점이 잘 맞지도 않았고. 거기는 한국처럼 인터넷의 천국이 아니야. 엄청나게 연결 속도가 느려. 화면이 넘어가려면 한참을 기다려야 했어. 내 뒤에는 컴퓨터를 쓰려고 사람들이 줄을 서 있었어. 내 머릿속에는 조금 전 욕실에서 보고 온 그 끔찍한 벌레의 이미지가 여전히 생생하게 박혀 있었고. 내게 필요한 정보는 나오지가 않고. 15분의 제한시간은 금세 지나갔고. 나는 자리를 비켰다가 다시 사람들 뒤에 줄을 섰어. 나는 아무것도 보고 있지 않았어. 아무것도 듣고 있지 않았어.

내가 그 병에 감염된 게 아니라는 증거를, 나는 찾고 있지 않았어.

내가 찾고 있었던 건, 오직 내가 그 병에 감염되었다는 증거였어.

그 모기가 나를 물었고, 그래서 사상충 유충을 내 혈관에 옮겼고.

오한과 발열이 나면서 감기 같은 증상이 지속되다가, 입안에 상처가 났고.

드릴, 폭포, 열병   윤이형

자라나 혈관 속을 돌아다니고 있던 그 벌레가 상처를 뚫고 피와 함께 몸 밖으로 나왔다는 가설을 증명해줄 근거 말이야.

나는 다른 건 찾고 있지 않았어. 99퍼센트 확신하고 있었단다.

너무 끔찍한 얘기지.

그렇지만 안심하렴. 지금 내 몸속엔 그런 벌레가 돌아다니고 있는 게 아니니까.

나는 그 병에 걸리지 않았어.

그렇다고 다른 누군가가 그걸 거기 뱉어내고 간 것도 아니었고. 그 벌레는 싸구려 숙소의 위생 상태가 좋지 않은 세면대 배수관에 기생하고 있다가, 금속 틈으로 기어 올라왔을 뿐이었을 거야.

내 다리는 코끼리 다리처럼 부어오르지 않았어. 조금 붓긴 했지만, 연고를 바르니까 가라앉았지. 내 림프액은 어디 뭉쳐서 덩어리를 만들지 않았고, 그리고 생각해봐, 입안에 상처가 조금 나서 피가 스며 나왔는데, 거기로 그렇게 멀쩡하고 기다란 벌레가 살아서 기어 나온다는 게, 그러면서 아무

느낌도 나지 않았다는 게, 말이 돼? 조잡한 싸구려 호러 영화에나 나올 법한 설정이잖아.

나는 병원에 가서 검사를 받았어. 어떤 이상도 발견되지 않았단다. 의사는 벌레라고요? 벌레? 확실해요? 여러 번 물으면서 내 정신 상태가 걱정된다는 얼굴로 쳐다봤어.

그런데도 나는, 그때까지도 내가 감염되었다고 확신하고 있었어. 검사가 잘못됐다고. 감염이 되었는데 이 검사에서는 나오지 않는 거라고. 하지만 시간이 더 지나면 다리가 퉁퉁 부어오를 것이고, 그곳에선 의료 비용이 너무 비싸 제대로 된 치료를 받을 수 없을 것이고, 귀국을 하면 공항에서 검역에 걸려 격리될 것이고, 한국에는 그 병을 치료할 약물이 없을 거라고 아주 차분하게, 순서대로, 논리적으로 사고를 진행시켜나갔어.

그 병원이 커다란 전문 병원이 아니라, 다급한 마음에 가장 빠르게 갈 수 있는 곳으로 찾아간 '여행자 전용' 가정의학과였기 때문에. 배탈이나 설사나 두통 따위의 온갖 가벼운 질병들을 아울러 다루는 곳이었기 때문에. 내가 현지어를 하지 못하고, 오직 영어로만 어눌하게 의사와 소통할 수 있었기 때문에. 그리고 내가 초조하고 안정되지 않은 상태로 보

69

고 읽고 기억했던 그 모든 단편적인 정보들이 연속으로 머릿속을 때려댔기 때문에.

그리고 나는 일정을 끝내고 귀국할 때까지 우리 팀 누구에게도 그런 일이 있었다는 사실을 말하지 않았어. 실은 개편이 되어 그 프로가 없어지고 팀이 해체될 때까지, 아무 말도 못했어.

끔찍한 병자로, 살아 있는 벌레의 운반자로 취급될 거라는 생각 때문에 말이야.

무슨 말인지 알겠니.

두려움이라는 것이 어떤 일을 하게 만드는지, 나는 그것에 대해 말하고 있는 거란다.

처음에 혜서가 횡령을 했다고 했던 한동미의 말들을 보았어. 그리고 혜서에게 쏟아지던 그 많은 비난들도, 우리와 나머지 다섯 군데의 모임에 폭발적으로 퍼부어지던 분노와 비방의 말들도. 보았고 읽었지. 혜서가 처음에 썼던 사과문도, 혜서가 마지막으로 써서 올린 글도, 거기 적혀 있던 그 두 사람 사이의 복잡한 일들과 바로잡힌 사실 관계들도, 그 모든 증거 자료도, 그것을 보고 충격을 받아 다른 사람들이 했던 말들도, 갑자기 정반대로 방향을 틀어 '진짜 가해자'라는 한 동미에게 똑같이 퍼부어지기 시작한 저주의 말들도, 그리고 오늘 낮까지 사람들이 계속 써 올리고 있는 사과와 참회와 후회와 미움과 실망의 말들도.

모두 다 보았고, 읽었고, 들었지.

내가 그중 무엇을 믿고, 무엇을 믿지 않았을까?

그런 것이 정말로 중요하다고, 나는 생각할 수가 없단다, 윤경아.

물론 이 일을 들여다본 모든 사람이 무언가를 믿었을 거야. 각자 다른 것을. 그리고 그 믿음에는 각자 이유가 있었겠지. 합리적이고, 논리적이고, 윤리적인 이유가. 나는 그 사실도 틀림없이 믿고 있어. 그 이유들은 모두 달랐겠지만, 그것들을 만든 동력은 같았던 거야.

두려움.

옳음은 두려움으로 만들어져 있지. 옳지 않은 자, 그른 자가 될 거라는 두려움. 그래서 무리에서 배제될 거라는 두려움. 사람들은 그것을 양심이라고 부르지만, 이번 일에서 우리가 본 그 양심들은 과연 굳고 단단하고 흔들림 없는 것이었을까?

드릴, 폭포, 열병   윤이형

아니야.

정말로 자기가 옳은 것이 분명한 상황에서도 사람은 두려워진단다. 무언가가 옳다고 생각하고 그것을 말로 하는 사람이 자기 혼자뿐일까 봐 두려워져. 그 두려움을 넘어서서 다음 단계로 진입해, 옳은 것을 옳다고, 그른 것을 그르다고 말해도 의혹의 눈길을 받게 되지. 저 사람이 왜 저런 말을 할까. 무언가 다른 목적이, 숨은 의도가 있지 않을까. 돋보이고 싶은 게 아닐까. 무슨 이익을 보려는 게 아닐까. 그런 숱한 의심이 타인들의 말을 타고 옳은 쪽을 선택한 사람의 귀에도 스며들지. 그러고는 마음을 이리저리 흔들어놓는 거야.

옳은 쪽을 선택한 사람은 앞으로 더더욱 옳아야만 해. 옳았다가 삐끗하면 아무 쪽도 아니었던 것보다 훨씬 더 깊은 구렁텅이로 떨어지거든. 그런 걸 생각하면 점점 더 두려움이 마음을 먹어 들어가지. 분명히 옳다고 믿었는데, 그게 정말 옳을까? 내가 두려워서 이렇게 평소보다 큰 목소리를 내고 있는 거 아닐까? 이게 내 목소리 맞을까? 두려움을 인지하면 할수록, 그것은 점점 강력해진단다. 옳음을 오염시켜버려. 그리고 그렇게 오염된 사람은 자신을 의심하면서도 옳은 말을 그만둘 수는 없어. 점점 더 크게 소리를 내게 되지. 누구를 비난하고 있었다면 그 목소리가 더 커지고 내용도 신랄해지지. 굳이 그러지 않아도 되는데 말이다. 무서우니까, 무서운 만큼 그 사람과 자신의 차이를 확 벌려야 하니까. 그래야 안전하게 느껴지니까 말이다. 그게, 진짜로 옳은 거니? 장담컨대 그 오염에서 자유로울 수 있는 사람은 없단다. 아무 옳음도 손에 넣지 못하면 그건 그것대로 또 두려운 일이지. 판단을 유보하거나, 잘 모르겠다고 관심을 놓아버렸다가는 비겁하다거나 더러운 침묵이라거나 다 똑같은 족속이라는 말을 듣게 되니까. 어떻게든 옳은 것을 찾아내고, 그것을 믿고 싶어 하게 되지. 설령 그것이 오염된 옳음이라고 하더라도 말이다.

때로는 아무 곳에도 답이 없을 수도 있는데, 어떻게든 답을 찾게 되는 거란다. 배관이 아무 데도 잘못되지 않았는데 물이 새는 집 같은 것을, 인간의 뇌는 그렇게 쉽게 받아들일 수가 없어. 그래서 아무튼 결론을 찾아내고, 없으면 만들어내고, 그것을 믿고, 점점 확신하게 되는 거지.

응? 아니, 그렇지 않아.

옳고 그름에 아무런 의미가 없다고 나는 말하고 있는 게 아니야. 옳고 그름은 존재하지. 그건 실재해, 윤경아. 나는 단지 그것에 닿기 위해서는, 제대로 된 판단을 하기 위해서는, 우리가 우리를 막고 있는 두려움이라는 이 두터운 벽을 뚫어야 하는데 그게 과연 가능한 일인가 묻고 있는 거란다. 너는 우리가 거기에 닿을 수 있는 것 같니? …… 지금 이 상황에서?

이렇게 미친 것처럼 울려대는 드릴 소리 속에서?

이렇게, 뛰어내리리라고 온 힘을 다해 울부짖는, 다른 판단을 못 하게 하는 거대한 물줄기 위에 대롱대롱 매달려서 말이야.

밑에서 과일들이 마구 갈리는 게 보이지 않니. 지난번과는 다른, 새로운 과일들이 되어버린 사람들이 있지. 언제까지 이런 일을 계속해야 하니. 대체 누구를 위해서. 혜서를 위해서는 아닐 거라고 나는 믿는다.

우리가 양치를 한 곳에, 여러 가지를 참지 못해서 말이라는 거품을 뱉어낸 곳에 빨갛고 징그러운 벌레가 꼬물거리고 있을 수도 있겠지. 정말로 100퍼센트 죄처럼 생긴 벌레가 말이다.

그런데 그 벌레가 정말로 우리한테서 온 것이겠니?

그럼에도 윤경아, 나는 네가 용감했다고 진심으로 생각한단다. 너는 혜서의 친한 친구였기 때문에 다른 사람들보다도 훨씬 큰 충격을 받았을 거야. 그런 상황에서 친구에 대한 전폭적인 믿음을 거두고 조금 다른 방향에서 생각해보는 것은, 친구를 옹호하는 것만큼이나 힘들고 어려운 일이야. 모임의 우리 모두는 그래서 너에게 경외심을 갖고 있단다. 너는 그 힘든 일을 하기로 결심했고, 시험에 들었어. 그리고 혜서가 잘못을 했는데 너에게 사실대로 말하지 못하고 있다고 판단했지.

그래, 너 역시 두려웠겠지. 우리는 너의 뜻을 존중했어. 사실 나는 너만큼 확신하고 있지 못했지만, 너를 존중해야 한다는 걸 알았어. 그래서 어떻게 해야 할지 생각했지만, 방법을 찾을 수가 없었지.

너는 우리가 가만히 침묵하고 있는 것이 두렵다고 했지. 무언가를 해야 한다고 했어. 그래도 우리는 가만히 있었지. 우리 역시 우리가 입 밖에 내는 말들이 잘못된 것이 될까 봐 두려웠으니까. 잘 기억해보렴, 그때를. 그 무섭던 순간들을. 여기를 봐도, 저기를 봐도 두려움뿐이었지 않니. 나를 비롯

75

해 모임의 다른 사람들은, 혜서가 정말로 잘못했다는 결론을 그렇게 쉽게 내리지 못했어. 마지막으로 본 게 재작년 겨울이어서 혜서에 대한 기억이 가물가물했던 거지. 너는 기억하지 못하는 듯하지만, 다들 판단을 유보했지. 그래, 못난 일이었고, 거기서 도망칠 생각은 없단다. 하지만 입장문을 써야 하지 않겠느냐고 물은 건 너였지. 문서를 열고 혜서를 모임에서 제명하겠다는 문장들을 적어 내려가기 시작한 것도 너였어. 우리는 아무 말도 하지 않았지. 다만 너를 말릴 수 없을 뿐이야. 우리 모임에서 그나마 혜서를 가장 최근까지 본 사람이 너였기 때문에.

전부터 우리 모임에서 공식 문서 작성은 네가 했었지. 그건 윤경이 너의 일이었지. 우린 단지, 무슨 문장을 써야 하는지 네가 잘 모르기에, 그때 네가 너무나 힘겹고 불안정한 얼굴을 하고 금방이라도 쓰러질 것 같아 보였기에, 그저 그런 경우에 흔히 쓰이는 통상적인 단어들을 떠올려 너에게 말해주고, 말을 다듬는 걸 도와준 것뿐이지 않니.

잠깐만, 그렇게 화를 내지 말렴. 지금 너를 비난하는 것이 아니란다. 나는 비겁했던 우리를 반성하고 있을 뿐이야. 고발한 사람이 그토록 절규하고 있는데도 곧바로 행동을 취하지 못하고 있던 우리를. 우리의 두려움을. 그때 너는 너의 의미에서 옳았어. 두려움을 뚫고 너만은 옳음을 발견한 거였지. 우리는 결코 닿을 수 없었던 옳음을. 그리고 그것이 지금 정반대로 뒤집혔다고 하더라도, 그 옳음은 사라지는 것이 아니지 않니? 그렇게 생각하지 않아?

그래서 지금 다시 반성과 참회의 글을, 사죄문을, 우리 모임 이름으로 써 올려야 한다는 너의 의견을 잘 이해할 수가 없는 거란다. 무엇보다 혜서가 그 글을, 그저 우리 마음 편하자고 쓰는 눈물의 고백을, 읽을 수가 없지 않니. 또 그렇게 되면 마치 우리가 단독으로 혜서를 그런 선택에 몰아넣은 것처럼 되어버리잖아. 그런데 너도 알다시피 그건 사실이 아니지. 혜서를 제명한 것은 우리만이 아니었고, 여섯 개 모임 전부가 그 일을 했단다. 그리고 그 모임들에는 윤경이 너만큼 용기 있지 못했던, 겁에 질린 사람들이 잔뜩 있었겠지. 그들은 정말로 옳다고 여겨서 그렇게 했을까. 나는 그렇게 생각하지 않아. 그 일을 옳다고 믿은 사람은, 그래, 있었겠지. 그렇지만 그 옳음에는 두려움이 개입하고 있었을 거야. 그러지 않을 수는 없어.

그리고 그 모임들의 바깥에는 우리를 겁에 질리게 했던, 똑

77

같이 겁에 질린 수많은 사람들이 있었고. 또 그 사람들의 주변에는 또다시 겁에 질린…….

잘 생각해보렴.

너도 두려웠다고 했잖니. 그때도 두려웠고, 지금 혜서가 너에게 남긴 마지막 문자들을 다시 보니 점점 더 두려워진다고, 네가 너무 큰 잘못을 해서, 무섭고 끔찍해서 견딜 수가 없다고 했잖니.

윤경아, 우리는 지금도 겁에 질려 있지. 나도 그래.

그런데 지금 우리가 할 행동이 옳은 거라고 어떻게 확신할 수 있니?

확신할 수 없다면, 이제 그런 일은 그만하는 것이 맞지 않겠니?

그래, 책임과 잘못. 그리고 윤리.

우리는 책임이 있지. 그리고 잘못도 했지. 결과적으로는 윤리적이지 않은 행동을 한 게 되었지. 그렇지만 지금 이 일에 대해 무언가 말하고 있는 저 수많은 사람들을 보렴.

분노로, 충격으로, 의무감으로, 혼란으로, 괴로움으로 뒤범벅이 되어 끝없이 말을 하고 있는 저 사람들을.

잘 봐.

우린 모두 같아.

차이라는 건 존재하지 않는 거란다. 이런 상황에서는 말이야.

우리는 저 사람들보다 더 많이 무엇을 잘못하지 않았어.

어떻게 할 수 없는 일이었을 뿐이란다.

한 번 더 글을 써서 감정에서 빠져나오고 싶어 해본들, 사죄와 고백을 함으로써 다시 윤리라는 것에 닿으려고 어떻게 발버둥을 쳐본다 한들, 우리는 결코 거기 닿을 수 없을 거야. 두렵기 때문에.

적어도 지금은, 가만히 견디는 것이 오히려 더 큰 용기일 수 있다고 나는 믿는다.

딱 2주만 기다려보면 어떻겠니. 아니면 3주 정도만. 그 정도면 사람들은 잊게 되어 있어.

지금 다시 말을 한다면, 사람들은 다시 우리를 공격할 거야. 그게 현실이란다. 죄책감을 꽉꽉 눌러놓고 있던 마음의 빗장이 풀리면서, 곧바로 증오로 변한 감정이 우리를 향하겠지. 우리는 결코 다음을 기약할 수 없을 거야.

그들은 책임을 지지 않아. 절대로 지지 않는단다. 이것만은 확신을 갖고 말할 수 있어. 자신보다 잘못이 더 커 보이는 대

79

상을, 다시 분노할 대상을, 그들은 쉴 새 없이 찾아 헤매고 있을 뿐이야.

앞으로 2주에서 3주 사이에 무슨 일이 생길지 나는 알아.

처음에는 죽음 같은 침묵이 흘렀지. 지금은 모두가 한목소리로 한동미를 비난하고 있잖니. 혜서의 죽음에 대한 참담함과 자성과 후회로 뒤범벅이 되었지만 그걸 다 벗겨보면 결국에는 순도 높은 미움이지. 한번 보렴. 혜서를 고발했던 한동미에 대한 원망을 빼놓고, 한때는 전폭적인 지지를 받던 그 사람을 당장 끌어다 죽이고 싶어 하는 마음 없이, 섣불리 판단하고 말했던 자신을 조금이라도 정말로 돌아보고 있는 사람이 얼마나 되는지.

그리고 섣불리 했던 판단과 말에 대한 반성이란 건, 또 얼마나 불가능한 일이니. 너도 보았겠지만 그때는 섣불리 판단하고 말하는 것 말고는 아무런 선택지가 없었지. 빨리 대답하지 않으면 똑같은 죄인으로 몰렸잖니. 그러니까 우리는 실은 반성이 불가능한 일들에 대해 반성을 요구하고, 반성을 하고, 그러고 있는 거란다.

그렇지만 조금만 기다리면 목소리가 둘로 나뉘게 되겠지. 반은 그대로 한동미를 비난할 거고, 다른 반은 이렇게 말하기 시작할 거야.

혜서에게도 그렇게 썩 잘한 일들만 있었던 건 아니었다고 말이다.

횡령은 하지 않았지만, 한동미에게 했다는 언어폭력도 실은 없었을지 모르지만, 그래도 그전에 혜서가 어떤 말들을 어디에 적어둔 적이 있는데, 그 말들이 윤리적이지 않았고, 또 그전에 이런저런 잘못된 행동을 했고……. 그러니까 혜서는 완전히 결백했던 사람은 아니었다고, 말하는 사람들이 나올 거란다. 이제는 어떻게도 할 수 없는 참혹한 결과 앞에서 한동미를 돌로 치는 것으로도 더 이상 안 돼서, 그렇게라도 해야 조금이나마 덜 무서워질 테니까.

그 두 무리가 서로 싸우다가 합심한 듯 입을 다물 거란다. 그리고 모두가 함께 망각으로 달려갈 거야. 그걸 꼭 눈으로 봐야 알 수 있는 건 아니지.

무섭니, 윤경아, 하지만 그게 사람이란다. 겨우 그런 게 사람이고, 그런 데가 여기인 거야. 그리고 우린 그걸 받아들여야 해. 받아들여야 그들을, 우리 자신을 사랑하기 시작할 수 있단다.

그들을 욕하고 싶지. 타인을 비난하는 일은 호흡과 같아서,

드릴, 폭포, 열병　　　윤이형

자책으로 죽을 것 같을 때 살 수 있게 사람의 숨통을 터주지. 필요하면 숨을 쉬렴.

하지만 우리라고 안 그러겠니. 우리가 혜서와 아는 사이가 아니었다면, 전혀 알지 못하는 완전한 타인이어서 더욱 쉽게 증오할 수 있는 저 사람들의 자리에 있었다면, 우리가 썼던, 그나마 공식적인 어투를 갖추고 있던 문장들이 아니고 더 심한 말들로 혜서를 몰아붙였다면, 그래서 결국 자기 때문에 혜서가 그렇게 되었다는 생각이 강렬하게 든다면, 그러지 않을 거라고 장담할 수 있겠니.

나는 잘 모르겠구나.

지금 우리 모임 이름을 또 꺼내며 혜서의 목숨에 대해 책임을 지라고 하는 사람들도 있지. 그 사람들이 왜 그러는지 아니. 우리 자리에 있었다면 자기들 역시 우리처럼 행동할 수밖에 없었다는 사실을 깨달아서, 그걸 간신히 비껴갔다는 걸 깨달아서, 기가 막혀서 울부짖는 거야. 그 무서움 또한 나는 너무나 잘 이해한단다. 잘 생각해보렴. 그때 누가 어느 자리에 있든 그런 것은 크게 상관이 없었어. 혜서는 감염된 부분으로 인식되었고 중요한 것은 혜서를 신속하게 도려내고 긁어내 어떤 정상적인 사람의 눈에도 보이지 않는 곳으로 치우는 것이었어. 더 이상의 감염체를 만들지 않도록. 횡령한 사람의 이름을 보고 있다가 세 시간쯤 지나면 마치 자기도 밖으로 뛰어나가 횡령을 하게 될 것처럼 다들 더러움에 몸을 떨었지. 하지만, 하지만 말이야. 이 일에 있어 우리는 누구도 서로를 너무 심하게 탓해서는 안 돼. 그게 누구든 말이다. 처음부터 정해져 있는 룰이었단다. 비행기 사고가 났을 때 비상구 좌석에 있는 승객은 승무원을 도와 다른 승객들의 탈출을 도와야 하는 것처럼 말이다.

그리고 윤경아, 이 룰을 어디서 드러내놓고 비판해서는 절대로 안 돼. 혜서가 가엾지만 할 수 없는 거란다. 알겠니?

그동안 이 룰이 적용되었던 진짜 범죄자들이 얼마나 많은데, 누군가가 이걸 비판하면 그자들이 어떻게 하겠니? 다들고 일어나서 그때 그 일은 부당했다, 심했다, 나보다 나쁜 새끼들아, 그러면서 자기 죄를 무효화해버리지 않겠니? 그러면 되겠어, 안 되겠어?

너무 위험한 일이라고 생각하지 않니?

아무튼.

우리는 모두 불완전한 사람들이야. 그런데 그런 사람들에게, 우리보다 나쁠 것도 없지만 그다지 나을 것도 없는, 그

83

저 우리와 똑같이 두려움이라는 도끼가 머리통에 반쯤 박힌 채 말하고 생각하고 행동하며 걸어 다닐 뿐인 사람들의 손에 우리를 무방비 상태로 내주는 것이 양심이라고 너는 생각하니. 나는 그렇게 생각하지 않아. 자신을 보호해야 한단다. 아무리 잘못을 했더라도 말이야.

그러니 윤경아, 조금만 용기를 내보지 않겠니. 침묵할 용기를, 침묵으로써 책임을 질 용기를 말이야. 네가 잘 견딜 수 있도록, 우리가 곁에서 도와줄게.

아무 말도 하지 않는 것이 지금은 제일 좋아.

너는 그렇게 큰 잘못을 하지 않았으니까.

가해망상이라고, 사실은 생각하고 있어. 너는 그 말을 싫어하는 것 같지만.

그럼에도 네가 꼭 말을 해야겠다면, 말을 멈출 수 없다면, 그것은 너의 개인적인 입장이라는 사실을 분명히 하고, 우리 모임 이름은 빼주었으면 좋겠구나. 그게 서로에게 나은 일이고, 옳은 일이기도 할 거야.

혜서의 장례식에 너도, 나도 가지 못했지. 하지만 우리의 이유는 달라. 너는 너 자신을 용서할 수가 없어서, 혜서에게 미안해서 갈 수 없었다고 했지만, 나는 그런 마음조차도 가질 수가 없었단다. 얘기를 나눠보니 다른 사람들도 마찬가지였어. 우린 별다른 감정이 없었어. 다들 멍하기만 했지.

혜서는 우리를 용서할까? 아니, 그럴 수 없을 거야. 받아들이렴. 용서받을 수 있다는 마음을 버리면, 이런 아수라장 속에서 죄에서 놓여날 자격이 유독 자신에게는 있다는 마음을 놓아버리면, 편해진단다. 모든 것이 나아지지.

너는 최소한 혜서에 대해 어떤 판단을 시도했고, 판단을 내렸지. 하지만 나랑 다른 사람들은 그렇지 않았어. 우리는 그때 아무런 판단도 하지 않았어. 판단이라는 행위가 가능하다고는 조금도 생각하지 않았어. 그저 우리가 써넣을 말들이 많은 사람들이 읽기 원하는 말과 일치하기만을 바랐을 뿐이지. 그러면서 입장문에 이름을 넣었던 거야.

거친 바다 위에 떠 있는 까만 비닐봉지를 떠올려보렴.

물결의 방향이 바뀌면 바뀌는 대로 떠다닐 뿐인, 가볍고 작고 얇고 까만 비닐봉지를 말이야.

그 비닐봉지가 죄책감이라는 것을 느낄 수 있겠니.

속죄라는 것을 할 수 있겠니.

속죄도, 추모도, 우리로선 감히 입에 담을 수 없는 단어들이란다.

85

드릴, 폭포, 열병   윤이형

그러니 네가 쓰겠다는 그 글에 이름을 적을 자격 또한 오직 너에게만 있을 것 같구나. 그렇지 않겠니.

기억해주렴. 글을 게시하기 전에 잊지 말고 꼭 우리에게 보여줘야 한다. 우리 이름을 실수로 넣지 않도록 조심해주었으면 좋겠구나.

응?

그 벌레? 그 벌레의 이름이, 정체가 결국 무엇이었느냐고?

알 수 없지. 어쩌면 그냥 잘못 본 게 아니었을까, 지금은 그렇게 생각하고 있단다.

정말 그랬을 수도 있지 않겠니.

윤이형

2005년 중앙신인문학상에 단편소설 <검은 불가사리>가 당선되어 등단했다. 소설집 《셋을 위한 왈츠》《큰 늑대 파랑》《러브 레플리카》《작은마음동호회》, 중편소설 《개인적 기억》《붕대 감기》, 청소년소설 《졸업》, 로맨스소설 《설랑》 등이 있다.

+

Q. 당신이 생각하는 몬스터는 어떤 모습인가요?

올바름을 이루기 위한 과정에서 시스템이 지닌 한계나 오류 때문에 같은 약자가 다치는 일이 생겨도 아무도 그들을 구제하지 않는 것. 그 한계와 오류를 눈앞에서 보면서도 더 큰 올바름을 위해서는 그들이 희생해야 한다고 생각하는 것. 그것이 당연한 일로 여겨지는 것. 그대로 놔두면 다음번에는 우리 자신이 그 한계와 오류 때문에 상처를 입을 테니 약간의 수고와 노력을 들여 이 문제를 개선하자고 말하는 일을 곧바로 올바름에 대한 공격이자 위해로 결론지어버리는 것(대체 왜일까?). 누군가에게 자살하라고 더 크게 소리치는 것이 더 정의로운 일이 되는 것. 더러움이 묻으니 당장 긁어내라고 소리치는 목소리를 너무 들으면 죄가 없어도 자기 몸을 긁어

87

드릴, 폭포, 열병   윤이형

내 죄를 만들어 바치게 된다는 것. 가엾긴 하지만 원래 마음에 안 들었고 모두가 원하는 올바름의 형상에도 들어맞지 않으니 나쁜 사람으로 만들어 희생시켜도 무방한 사람들이 계속 생겨난다는 것. 이 모든 것에 대해 모두가 알지만 말하지 않고, 달리 뾰족한 방법도 생각해내지 못하고 있다는 것. 모두에게 두려움이라는 게 있다는 이유로 모두의 죄가 상쇄되는 것. 사람으로 살기 위해서는 대체 얼마나 큰 용기가 필요한 걸까. 조금만 더 자세히 천천히 서로를 살피면서 가면 안 될까.

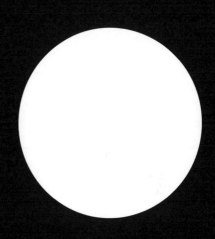

최진영

고백록

93

낯선 사람들은 내가 아기인 줄 안다. 말귀를 알아듣지
못하고 말도 못하는 줄 안다. 인간과 세상을, 삶과 죽
음을 전혀 모르는 줄 안다. 그들은 내게 과거는 없을
거라고 생각한다. 내가 무럭무럭 자랄 거라고만 생각
한다. 나는 그런 흉내를 내고 있다. 이제 시작될 이야
기는 당신과 아무 상관 없을지도 모른다. 그저 나의 이
야기일 뿐이니까. 하지만 누구나 죽는다. 당신은 왜 죽

는다고 생각하나? 심장이 멈춰서? 뇌가 정지해서? 그런 것과는 전혀 다른 성질의 '왜'가 있을 거라고 생각해본 적은 없는가?

‡

할아버지는 갑자기 죽었다. 예상치 못한 죽음이었지만 납득하지 못할 죽음도 아니었기에 가족들은 바로 장례를 치렀다.

할아버지는 일본인과 독재자를 존경했다. 독재자가 총알을 맞고 죽었을 때 할아버지는 방바닥을 내려치며 울고 또 울었다. 다시 독재자가 나타나자 할아버지는 이긴 사람처럼 안심했다. 이긴 사람인데도 복수를 꿈꿨다. 할아버지에 관해 내가 알고 있는 것들은 거의 전해 들은 말이다.

어렴풋이 기억하는 몇몇 장면도 있다. 할아버지는 망조가 들었다는 말을 자주 했다. 특히 배꼽과 어깨와 허

95

벅지를 드러내고 술을 마시고 담배를 피우고 자기 취향과 권리를 주장하는 젊은 여자를 볼 때마다 그런 말을 했다. 실제로 할아버지는 모르는 젊은 여자를 때려서 경찰서에 잠시 잡혀 있었던 적도 있다(전해 들은 말이다). 하지만 할머니나 엄마를 때렸을 때는(이건 내가 실제로 봤다) 경찰이 오지 않았다. 나도 할아버지에게 꽤 맞았는데(선명하게 기억한다) 주로 밥 먹을 때 맞았다. 아팠던가? 아팠겠지. 하지만 아파서 울지는 않았던 것 같다. 어이없고 분해서 울었고, 할아버지는 시끄럽다면서 또 때렸다. 나는 더 시끄럽게 울면서 때리지 말라고 소리 질렀다. 할아버지가 때리지 않았다면 나도 울지 않았을 것이다.

할아버지 팔뚝에는 검은 구멍이 있었다. 총알이 박혔던 자국이라고 했다. 아니, 총알이 지나간 자리였던가? 구멍은 아니었지만 구멍처럼 보였다. 할아버지는 탄창이 아니라 은총이라고 했다. 총알이 날아오던 그때 참호에서 뛰쳐나가려고 했는데 몸이 움직이지 않았다고. 만약 그때 몸을 일으켜 달렸다면 심장에 총알이 박혔을 거라고. 할아버지는 신의 손이 자기 어깨를 짓눌은 게 분명하다고 했다. 신이 자기를 보살펴서 다행히 팔뚝에 총알을 맞았다고(그럼 전쟁터에서 죽은 다른 사람들은? 신은 어째서 수많은 사람 중에 할아버지를 구했지? 이렇게 물었다면 할아버지는 분명 나를 아주 세차게 때렸을 것이다). 신이 구원한 나는 특별한 사람이므로 나의 말과 행동은 모두 정당하다. 이것이 할아버지의 주장이었다.

할아버지 어깨를 짓눌은 건 신의 손이 아니라 공포 아니었을까? 할아버지는 무서워서 옴짝달싹할 수 없었던 것이다. 공포가 할아버지를 살렸다. 이후에도 할아버지는 공포의 힘으로 살아간 것 같다. 독재자를 존경했던 것, 또 다른 독재자를 자랑스러워했던 것, 독재자가 자기편이라고 굳게 믿었던 것, 젊은 사람들이 인생을 즐기게 되자 세상이 망했다고 화를 내던 것도 실은 두려워서 그랬던 거다. 모르는 젊은 여자를 때린 것도, 할머니와 엄마를 때린 것도, 나를 때린 것도 두려웠기 때문이지. 뭐가 두렵냐면, 때렸는데 울음을 그치지 않으니까. 복종하지 않고 자기를 노려보니까. 지지 않고 대드니까. 숨고 엎드리고 움츠리던 자기 같지 않으니까. 달려드니까. 빨갱이 같으니까.

전쟁이 끝난 뒤 할아버지는 아버지가 되었고 그로부터 한참 뒤 내가 태어났다. 할아버지는 많은 사람을 미워했는데, 일단 자기 아내를 미워했다. 왜냐면, 자기가 한 강간이 임신으로 이어졌기 때문에. 할아버지는 나의 엄마도 미워했다. 며느리로 들어와 아들을 낳지 못했기 때문에. 할아버지는 당신의 딸들도 미워했고 아들들에게는 무관심했다. 그러니까, 할아버지는 가족인 여자를 미워했다. 할아버지와 할머니는 텃밭과 산에서 구하는 작물로 끼니를 해결하고 남의 집안일을 대신해서 푼돈을 벌었다. 그렇게 살면서 아이 여섯을 낳았다. 그중 한 명은 고열로 죽었고 한 명은 설사병으로 죽었다. 살아남은 네 명은 글자를 깨치기도 전에 산으로 밭으로 일을 나갔다. 그런 아이들을 보고 어른들은 '자기 숟가락은 물고 태어난다'는 희한한 소리를 했다. 그렇다면 죽은 두 아이의 숟가락은 티스푼 같은 거였을까? 할아버지와 할머니는 가난하니까 불행하다고 생각했고 그 생각을 자식들에게도 가르쳤다. 자식들은 응용력을 발휘하여 부자가 되면 행복해질 거라고 믿었다. 아무도 부자가 되지 못했다. 하지만 누군가는 행복을 느꼈다. 행복을 느낀 자가 행복을 숨기지 않으면, 부자도 아니고 행복하지도 못한 자는 행복한 자의 행복을 폄훼하고 조롱했다. 자식들의 우애는 좋지 않았다.

할아버지는 나이가 들수록 비쩍 말라갔고 식탐은 늘었다. 다른 사람이 먹는 밥과 국과 반찬을 아까워했다. 같이 앉아 밥을 먹을 수가 없었다. 할아버지는 쌀통의 쌀을 퍼서 다락에 감추고 감자와 무와 양파 따위의 식재료를 장독 뒤에 감췄다. 가끔 할머니가 고기를 사 오면 혼자서 당장 구워 먹었다. 치매는 아니었다. 욕심이나 의심, 어쩌면 여전히 공포 때문이었는지도.

할아버지가 죽고 10여 년 지나 할아버지의 젊은 시절 사진을 본 적 있다. 할머니 집에서 손톱깎이인가 가위인가를 찾으려고 오래된 가구의 서랍을 열어 보다가

99

발견했다. 찾던 것이 아닌데도 서랍에서 봉투를 꺼냈
고, 궁금하지도 않았는데 봉투 속에 손을 넣었다. 색이
바래고 귀퉁이가 닳은 사진 여러 장과 삭아서 바스러
질 것 같은 문서가 나왔다. 처음에는 아버지 사진인 줄
알았다. 사진 밑에 찍힌 연월일을 보고 할아버지 사진
이구나, 짐작했다. 할아버지는 윗도리를 벗고 바지만
입은 채 허리에 두 손을 올리고 정면을 응시하며 웃고
있었다. 창창한 미래를 절로 기원할 만큼 천진한 젊음
이 느껴졌다. 그 사진을 발견했을 당시 나는 죽음이 무
엇인지, 할아버지가 왜 죽었는지 알았다. 아무도 몰랐
지만 나는 알았다. 불편한 죄책감이 어깨를 짓눌러서
나는 꼼짝하지 못했다. 그때 처음으로 이런 생각을 했
다. 할아버지도 사람을 죽였겠지. 사람을 향해 총을 쐈
을 거야. 때리고 차고 짓밟았겠지. 그럴 필요 없을 때
도 그랬을 것이다. 전쟁 중이니 어쩔 수 없었다고 말
한다면……. 전쟁이 끝나고도 할아버지는 여자를 강간
해서 아내로 삼고 너 때문에 내 인생 조졌다며 때렸다.
소리를 지르고 가구를 부수고 장독을 깨서 사람들을
위협했다. 총이 있었다면 죽였을까? 할아버지가 죽어

서 할머니와 엄마는 조금 편해졌다. 죄책감에 지고 싶지 않았다. 공포에 짓눌리고 싶지 않았다.

그 사진을 발견하기 전까지 내 기억 속 할아버지는 언제나 영정 사진의 얼굴을 하고 있었다. 그러니까 할아버지에 대한 나의 기억 중 많은 것은 진짜가 아니라 들은 말에 불과한지도 모른다. 하지만 할아버지 팔뚝의 검은 구멍을 본 기억은 진짜고, 진짜는 또 있다. 할아버지가 죽던 날, 나는 새로 사귄 친구를 집으로 불렀다 (그때는 할아버지 할머니와 같이 살았다). 거실 소쿠리에 곶감과 뻥튀기 한 봉지가 있었다. 친구와 텔레비전을 보면서 그것들을 먹고 있는데 할아버지가 방문을 열고 나왔다. 흔한 노인성 질환을 앓던 할아버지의 얼굴은 늘 붉었다. 할아버지 머리칼은 뭉쳐서 위로 솟아 있었다. 할아버지는 말하기 전에 가래 끓는 소리를 냈다. 시동을 걸듯 가래가 그르르륵…… 그만 처먹으라고 소리 질렀다. 쥐새끼 같은 것들이 내 집에 들어와서 아까운 양식을 다 갉아먹고 있다…… 정확하진 않지만 그와 비슷한 말이었다. 친구와 나는 신발을 제대로 신지도 못하고 집을 뛰쳐나갔다.

"너네 할아버지 왜 저래? 우리 할아버지는 더 먹어라, 많이 먹어라, 그런 말만 하는데."

숨을 몰아쉬며 친구가 말했다. 나는 땅바닥만 노려보며 걷다가 할아버지가 죽어버리면 좋겠다고 거듭 말했다. 그때 나는 죽음이 뭔지 몰랐다. '죽여버리겠다'는 말을 욕 같은 것으로 알아들었다. 나는 할아버지에게 아주 지독한 욕을 퍼붓고 싶었다. 친구는 나를 달래며 자기 집으로 가자고 했다. 나는 친구 집으로 가서 색종이를 접고 오리며 놀았다. 친구가 냉장고에서 초코파이를 꺼내 줘서 먹었다. 누가 더 긴 이야기를 지어낼 수 있나 내기했다. 저녁 즈음 집으로 돌아왔는데 아무도 없었다.

그리고 장례식장의 기억. 할아버지의 사진이 걸려 있었다. 사람이 많았고 분주했고 조금 추웠다. 끼니마다 빨간 국을 먹었다. 엄마도 아빠도 바빴고 나는 구석에 앉아 땅콩을 집어 먹다가 설사를 했다. 버스를 타고 산에 갔다. 뱀을 보고 사람들이 소리 질렀다. 잠에서 깼을 때는 집이었다. 나는 눈을 비비며 일어나 고요한 집을 둘러봤다. 어른들은 방과 거실 여기저기에 죽은 듯 누워 있었다. 잠든 어른들 중에 할아버지는 없어서 나는 조금 안심했다. 화장실에서 오줌을 누고 나와 냉장고에서 오렌지 주스를 꺼내며 할아버지가 들어오기 전에 얼른 먹어야지, 생각했다.

할아버지는 죽는 순간 자기가 죽는다는 걸 알았을까? 무서웠을까? 가래 끓는 소리를 냈을까? 자기가 왜 죽는지 알았을까? 할아버지의 신이, 알려줬을까?

✝

보라는 내가 가장 사랑하는 친구였다. 중학교 입학하고 처음 사귄 친구. 나는 키가 작았고 보라는 컸다. 나는 가장 앞줄에 앉았고 보라는 맨 뒷줄에 앉았다. 수업 시간에 보라가 나의 뒷모습을 보고 있다고 생각하면 기분 좋은 긴장감이 들었다. 나는 어깨를 펴고 고개를 끄덕이며 수업을 정말 열심히 듣는 척했다. 보라의 관심을 끌려고 하염없이 창밖을 쳐다보기도 했다. 체육

시간에 피구나 소프트볼을 하게 되면 어떻게든 보라와 한편이 되려고 했다. 어쩌다 상대편이 되면 순전히 보라를 살리기 위해 싸웠다. 보라를 맞히지 않았고 보라의 공은 일부러 잡지 않았다. 대놓고 그러면 보라까지 비난받을 수 있으니까 눈치껏 했는데, 그래도 보라는 눈치를 챘다. 네가 구해주지 않아도 나 혼자 힘으로 살아남을 수 있다고 보라는 투덜거렸다. 나는 알겠다고 고개를 끄덕이면서도 어떻게 하면 티 내지 않고 보라를 위해 싸울 수 있을까 생각했다.

2학년 되면서 보라와 나는 다른 반이 되었다. 다른 반이 되었으니 교환일기를 쓰자고 보라가 말했다. 우리는 문방구에서 두꺼운 노트를 샀다. 우리의 비밀과 고민은 글자가 되어 노트를 채워갔다. 나에게도 보라에게도 새로운 친구들이 생겼지만, 나는 보라와만 교환일기를 썼고 보라 역시 그랬다. 친구들과는 연예인이나 드라마 얘기를 나눴고 교환일기에는 어둡고 서늘한 이야기를 썼다. 보라는 엄한 엄마 얘기를 많이 썼다. 보라 엄마는 정말 열심히 하나님을 믿었다. 보라도 하

나님을 믿었지만 엄마만큼은 아니었기에 죄책감을 느
낀다고 했다. 보라 엄마는 매일 하나님의 사랑과 죄에
대해 말했다. 보라는 늘 죄를 지을까 봐 두려워했다.
보라는 엄마 때문에 힘들어하는 것 자체가 죄인 것 같
아서 힘들어했다.

마지막 장까지 노트를 다 채우면 주말에 만나서 일기
화형식을 했다. 불만과 저주의 문장은 활활 타올라 시
커먼 재가 되었다.

5학년 되면서 나는 키가 조금 자랐다. 보라는 많이 자
랐다. 멀리서 보면 보라는 마치 어른 같았다. 보라와
나의 시간은 다른 속도로 흐르는 것만 같았다.

교환일기가 내게 돌아오는 주기가 점점 길어졌다. 이
틀에서 나흘로. 나흘에서 일주일로. 보라의 일기는 아
주 단순해졌다. 때로는 도통 이해할 수 없는 문장뿐이
었다.
어느 날 보라는 일기에 딱 두 문장을 썼다.

바로 이 문장; 이상하게 이상한 짓을 하고 있어. 난 지옥에 가겠지.

단숨에 쓴 문장 같지 않았다. 생각에 빠진 채 천천히 쓴 것 같았다. 마침표를 찍고도 볼펜을 바로 떼지 못한 것 같았다.

나는 다음 장에 일기를 썼다; 좋아. 우리는 비밀을 나누는 사이니까 내가 먼저 실토할게. 나는 토요일 밤마다 자위를 해. 그렇게 좋은지는 모르겠고 그냥 습관처럼 하고 있어. 근데 교회에 다니면 자위는 죄야?

이어진 보라 일기; 넌 교회에 다니지 않으니까 괜찮을 거야.

이어진 내 일기; 또 비밀이 있어. 나는 엄마 아빠가 하는 걸 본 적 있어. 우연히 아주 잠깐 봤는데 잘못하는 느낌이 들었어. 엄마 아빠는 그걸 했고 나는 봤을 뿐인데 왜 죄를 지은 것 같지?

이어진 보라 일기; 네가 봤다는 걸 부모님도 알아?

이어진 내 일기; 나는 일단 모른 척하고 있어.

이어진 보라 일기; 솔직하게 말해줘. 너는 진짜로 해본 적 있어?

이어진 내 일기; 진짜로는 아니고 어릴 때 동네 오빠가 나한테 이상한 짓을 하려고 한 적은 있어. 나는 그 오빠의 목을 물어버렸지. 그리고 나만 혼났어.

이어진 보라의 일기는 아주 복잡하고 혼란스러웠다. 나는 두 손으로 머리카락을 부여잡고 문장을 하나하나 뜯어보면서 맥락을 끼워 맞추고 내용을 파악했다.

보라의 담임 선생과 보라는 같은 교회에 다녔다. 진학 상담이 시작되었고 보라의 차례가 돌아왔다. 보라와 선생은 상담실에서 오랜 시간 이야기를 나눴다. 선생은 보라에게 엄마를 미워해도 괜찮다고 했다. 선생은 아주 진지한 자세로 보라의 말을 들었고 자기의 어렸을 적 고민과 현재 고민을 말하기도 했다. 이후 선생은 자주 보라를 따로 불렀다. 두 사람만의 비밀은 점점 쌓여갔고 보라는 선생의 말을 모두 믿었다. 어느 날 선생은 보라의 손을 잡았고 이렇게 말했다. 우리는 서로의 마음을 만져주듯 서로의 몸을 만져줄 수 있다. 우리는 서로를 믿고 위로하는 사이니까 이런 건 전혀 죄가 아니다. 하나님은 우리가 서로에게 큰 힘이 되길 바라신다. 보라는 이상한 일이 벌어지고 있다고 생각했지만 선생이 하라는 대로 했다. 두 사람 사이에 거대한 비밀이 생겨버렸고 비밀은 계속 비밀을 낳았다. 보라는 모든 것을 자기 잘못이라 생각했고 지옥에 갈까 봐 두려워했다.

일기 해석을 끝내자마자 보라에게 문자메시지를 보냈다.

[그 인간이 불러도 가지 마.]

보라에게 답장이 왔다.

[내가 싫다고 하면 엄마한테 전부 말할지도 몰라. 교회에서 선생님이 엄마한테 인사할 때마다 난 기절해버릴 것 같아.]

[네가 잘못한 게 아니잖아.]

[엄마는 그렇게 생각하지 않을 거야.]

[설마 그 인간을 좋아하는 건 아니지?]

[나한테 자꾸 이상한 걸 시켜. 생각만 해도 토할 것 같아.]

[다시는 상담실에 가지 마.]

[무서워. 엄마가 알게 되면 난 죽어버릴 거야.]

넙데데한 그 인간의 얼굴을 떠올렸다. 더러운 인간이

보라에게 좆같은 짓을 했다. 나도 보라처럼 토할 것 같
았다. 그 인간이 아주 괴로운 방식으로 죽어버리면 좋
겠다고 생각했다. 그럼 다 해결될 것 같았다. 정신이
잠시 혼미해졌다. 심장이 빠르게 뛰고 뭔가가 내려앉
고, 빠져나가는 느낌이었다. 눈을 감고 호흡이 제자리
로 돌아오길 기다렸다가 휴대전화를 집어 들어 문자
메시지를 보냈다.

[내가 그 인간 죽여버릴 거야.]

보라는 계속 엄마 얘기를 했다.

다음 날 학교에는 그 인간이 죽었다는 소문이 돌았다.
화장실에서 소변을 누다가 쓰러졌고, 끝. 너무 어이없
는 죽음이어서 부검을 할 거라고 했다. 보라네 반 아이
들은 충격에 빠졌다. 부검이 끝나고 장례가 시작되면
단체로 조문을 가자는 이야기가 나왔다. 반장이 '사랑
하는 선생님께' 편지를 써서 관 속에 넣자고 했다. 아
이들은 편지를 쓰며 울었다.

나는 전날 밤의 혼미한 상태를 떠올렸다. 그와 같은 감

109

각은 이전에도 있었다. 할아버지가 죽던 날. 할아버지
가 죽어버리면 좋겠다고 말한 뒤 나는 넘어질 듯 휘청
거렸다. 친구가 놀라서 내 팔을 잡았다. 눈앞이 희뿌옇
게 보였고 멀미가 나서 걸쭉한 침을 뱉었다. 까맣게 잊
고 있었는데…… 어처구니없는 생각이 들어서 세차게
고개를 저었다. 우연일 거야. 생각만으로 사람을 죽일
수는 없잖아. 내가 신도 아니고, 그럴 수는 없어.

점심시간, 보라가 날 찾아왔다. 운 듯 눈이 퉁퉁 부어
있었다. 우리는 손을 잡고 체육관까지 걸어갔다. 보라
는 넋이 나간 것 같았다. 보라는 질금질금 울면서 무섭
다고 했다. 나는 분명 '그 인간 죽여버릴 거야'라고 문
자를 보냈다. 그리고 그는 진짜 죽었다. 보라는 내가
보낸 문자와 담임의 죽음을 연결시키고 있을까? 보라
가 내 손을 잡고서 죽을 때까지 비밀을 지켜달라고 했
다. 나 또한 같은 당부를 하고 싶었다.

토요일에 만나 일기 화형식을 했다. 비밀을 지켜달라
고 보라는 다시 당부했다. 나는 나의 직감을 확인하고

싶었다. 내가 죽이고 싶은 사람은 죽는다. 그뿐일까? 나는 보라를 바라보며 보라가 웃으면 좋겠다고 생각했다. 보라는 웃지 않았다. 보라가 나를 안아주면 좋겠다고 생각했다. 보라는 나를 안아주지 않았다. 과연 죽일 수만 있는 건가? 좀 더 위험한 실험을 해보기로 했다. 보라를 아프게 할 수는 없으니, 보라의 엄마를 떠올렸다. 보라의 엄마가 식중독에 걸리면 좋겠다고 생각한 뒤 징조가 오기를 기다렸다. 정신이 혼미해지고, 심장이 빨리 뛰고 뭔가가 내려앉고 빠져나가는 그 느낌. 아무렇지도 않았다.

잦아드는 불길을 바라보던 보라가 결심했다는 듯 입을 열었다.

"엄마를 많이 미워하지만, 엄마가 없어지면 좋겠다고 생각한 적도 있지만……."

입술을 깨물다가 다시 입을 열었다.

"우리 엄마는 안 돼."

보라가 나를 바라봤다.

"엄마는 죽이지 마."

나는 놀라서 몸이 굳었다.

"미쳤어? 내가 왜? 어떻게 그래?"

나도 모르게 부정했다. 보라가 다시 불길을 보며 중얼거렸다.

"알아. 그럴 리가 없지. 혹시나 해서 한 말이야."

장례식 끝나고 한동안 아이들은 선생에 대해 좋은 말만 했다. 얼마나 다정하고 인자한 사람이었는지. 우리를 이해하고 진심으로 아껴주던 선생님. 그 인간의 실체를 폭로하고 싶은 마음을 간신히 억눌렀다. 보라에게만 그런 짓을 했을까? 그 인간이 죽어서 안도하는 사람은 보라와 나뿐일까? 아니, 보라는 안도하는 것 같지 않았다. 두려워하는 것 같았다. 그럼 나는? 하나님을 믿는 사람들은 하나님께 빌면 무조건 용서해줄 테니까 거리낌 없이 죄를 짓는 걸까? 아니, 하나님을 믿으면 그런 건 죄가 되지 않나? 그런데 어째서 보라는 지옥에 갈 거라고 했지? 혼란스러웠지만, 어쨌든 그 인간이 죽어버리면 좋겠다는 생각은 진짜였다. 토할 것 같은 현실에서 보라를 구하고 싶었다.

우리는 새 노트를 사지 않았다. 교환일기는 끝났다. 우리의 비밀은 재가 되어 땅에 묻혔다.

✝

난 할아버지와 선생의 죽음을 오랫동안 생각했다. 그들의 죽음과 내가 관련 있는지 확인하는 방법은 다시 누군가를 '죽이고 싶다'고 생각하는 것뿐. 누구를 죽여서 확인해볼까 궁리했다. 일단 학교 선생이나 보라의 교회 사람은 제외해야 했다. 한 집단에서 두 명이나 같은 이유로 죽어버리면 사람들이 이상하게 생각할 테니까. 초등학생 때 나를 잠깐 왕따시켰던 아이들을 떠올렸다. 그땐 정말 그 애들이 미웠지만, 이후에 그 애들도 왕따를 당했기 때문에 죽이고 싶은 마음까지는 들지 않았다. 대체 누굴 죽여야 하나 집요하게 고민하다가…… 기가 막혔다. 나는 마치 연쇄살인범처럼 생각하고 있었던 것이다. 너무 끔찍해서 비명이라도 지르고 싶었다.

칼로 찌르지도 총으로 쏘지도 않았다. 목을 조르지도 음식에 독을 타지도 않았다. 그냥, 생각만 했을 뿐이다. 그런데 진짜 죽었다. 이건 어떤…… 초능력일까? 염력이나 순간 이동 같은? 이런 것도 초능력이라면, 그렇다면 좋은 일에 쓸 수도 있지 않을까? 그런데 사람을 죽이면서 좋은 일을 할 수도 있나? 나와 같은 사람이 또 있지 않을까? 사고나 돌연사는 수단일 뿐, 누군가의 생각 때문에 죽을 수도 있다. 그러니까, 누군가가 나를 죽이고 싶다고 생각하면, 나는 죽는 것이다. 내가 나를 죽이고 싶다고 생각하면 어떻게 될까? 어쩌면 그게 가장 확실한 방법일 수도 있었다. 아무도 죽이지 않고 나를 죽이는 방법으로 내 능력을 확인하는 것.

확인하고 싶은 마음과 우연에 불과하다고 치부하려는 마음이 하루에도 수십 번씩 번갈아 솟구쳤다. 자주 악몽을 꿨다. 꿈에서 나는 쫓기고, 도망치고, 발각되지 않으려고 사람을 죽였다. 부모님을 죽이기도 했다. 보라도 죽였다. 그런 꿈을 꾸고 깨어나면 현실과 헷갈렸다. 실제로 모두 죽인 것만 같았고, 나는 도망자가 된 것 같았다. 누구도 죽이고 싶지 않은 심적 상태를 지키려고 애썼다. 증오하지 않기 위해 관계를 끊고, 감정을 차단하고, 모든 일에 무심해지려고 했다. 사랑하는 마음도 피해야 했다. 감정을 뒤흔드는 어떤 존재도 만들지 말아야 했다.

‡

고등학교에 진학한 뒤 친구를 사귀지 않았다. 밥도 혼자 먹었다. 사람들의 눈을 바라보지 않았다. 쉬는 시간에는 이어폰으로 시끄러운 음악을 들었다. 겁먹은 짐승처럼 늘 웅크려 있었고, 도망갈 준비를 했다. 살인에 둔감해지려고 잔인한 영화를 찾아봤다. 온갖 방법으로 아무렇지도 않게 사람을 엄청 많이 죽이는 그런 영화. 나를 설득하기 위해 초능력자 히어로가 주인공인 영화나 만화를 찾아보기도 했다. 하지만 내가 사는 세상에는 외계인이 나타나지 않았고, 인류를 지배하려는 절대 악인이나 세계 전쟁도 없었으며, 나는 사랑에 빠지지도 않았다.

중간고사 끝나고 며칠 뒤, 담임이 교무실로 나를 불렀다. 친구들이 따돌리느냐고 담임이 조심스럽게 물었다. 나는 아니라고 대답했다.

"괜찮아. 편하게 말해도 돼."

담임의 목소리는 낮고 따뜻했다.

"네가 늘 혼자인 것 같아서 물어보는 거야. 혹시 널 괴롭히는 사람이 있니? 학교에서든, 집에서든. 어디서든 말이야."

나는 대답하지 않았다.

"너만 괜찮다면, 네가 요즘 어떤 생각을 하는지 말해주면 좋겠어."

"아무도 절 괴롭히지 않아요."

"어떤 얘기든 괜찮아. 날 믿어주면 좋겠다. 나는 널 보호해야 하는 사람이야. 선생이고 어른이니까. 답 없는 고민이라도 얘기를 하다 보면 마음이 후련해질 수도 있어."

"전 문제 없어요."

"그래. 넌 아무 문제 없어. 야단치려고 부른 게 아니야.

도와주고 싶은 거지. 네가 중학교 다닐 때 어떤 아이였는지 들었어. 친구들과도 잘 어울리고, 말도 잘하고, 지금 같지 않았다던데. 네가 왜 달라졌는지, 좋지 않은 일이 있는 건 아닌지 알고 싶어. 널 걱정하는 친구들도 있고."

난 터지기 직전의 풍선이었다. 터지고 싶지 않은 마음과 누구라도 날 건드려주길 바라는 마음이 공존했다. 히어로가 되고 싶은 마음과 극악무도한 연쇄살인범이 되고 싶은 마음도. 중간은 불가능했다. 난 이미 사람을 죽였으니까.

"매일 밤 악몽을 꿔요."

"어떤 꿈을 꾸는지 물어봐도 될까?"

"사람을 죽여요."

"그래. 성장기에는 별별 꿈을 다 꾸지. 뇌가 발달하느라 그러는 거야."

"꿈이 꼭 현실 같아요."

"그런 꿈을 매일 꾼다면 정말 힘들겠구나. 근데 왜 그런 꿈을 꿀까? 혹시 스트레스를 많이 받니?"

담임의 목소리가 너무 따뜻해서, 그 눈빛이 포근하고

117

다정해서, 정말 내 걱정을 하고 있는 것 같아서, 나는 흔들렸다. 나는 소리 없이 울었다. 담임이 티슈를 건네 줬다. 모든 걸 털어놓고 싶었다. 털어놓고 가벼워지고 싶었다.

"전 사람을 죽였어요."

담임은 내 말을 단번에 알아듣지 못했다.

"사람을 죽였다고요."

담임은 놀라지 않으려고 애썼다. 애쓰는 티가 났다.

"그래. 괜찮아. 일단 진정해. 진정하자. 네가 매일 밤 그런 꿈을 꾼다고 했잖아. 꿈이 너무 생생해서 헷갈릴 수도 있어."

"꿈이 아니에요."

"너처럼 작고 약한 아이가 어떻게 사람을 죽이니."

담임은 주변을 둘러보며 낮은 소리로 말했다.

"죽일 수 있어요."

"그래. 그럴 수도 있지. 그럴 수 있어. 그럼…… 네게 무슨 일이 있었는지 말해줄 수 있니? 꼭 지금이 아니어도 괜찮아. 네가 말할 수 있을 때 말해주면 돼."

"중학교 다닐 때 우리 학교 선생님이 죽었어요."

"아, 그 얘기라면 나도 들었어. 같은 재단이니까. 혹시 그 일에 충격을 받아서 그래? 많이 좋아하던 선생님이었니?"

"제가 죽인 거예요."

담임은 얼어붙은 표정으로 간신히 말했다.

"대체 왜 그런 무서운 소리를 하니. 그분은 심장마비였어."

"제가 죽이고 싶다고 생각하면 죽어요."

"응?"

"제가 생각만 해도 사람이 죽는다고요."

담임은 내가 한 말을 되씹는 표정을 짓더니 크게 웃었다.

"아, 그런 거구나. 넌 그 선생님을 별로 좋아하지 않았던 거야. 선생님을 싫어했는데 갑자기 돌아가시니까 겁을 먹은 거지. 그래, 그럴 수 있어. 네 나이 때는 어떤 생각이든 다 할 수 있으니까. 그런 것에 죄책감을 느끼다니, 넌 정말 착한 아이야. 상상력도 풍부하고."

담임은 안심한 표정으로 내 어깨를 두드렸다. 한결 가벼워진 목소리였다.

119

"상상이 아니에요. 거짓말도 아니고요."

"그래, 난 널 믿어. 나쁜 거짓말도 아니고……. 하지만
네 생각과 감정만 믿고서 너를 외롭게 버려두면 안 돼.
지금이 네게 얼마나 중요한 시기인지 넌 모를 거다. 넌
어울리고 웃고 겪어야 해. 그런 이상한 상상에 빠져서
움츠리고 있을 때가 아니야."

이해하지 못할 거라고 생각했지만, 담임의 속 편한 소
리를 듣고 있자니 오기가 생겼다. 뭐든 얘기해보라고
했잖아. 알고 싶다고 했잖아. 도와줄 거라고 했잖아.

"증명할 수 있어요."

"뭘?"

"거짓말이 아니라는 걸요."

"아니야, 그런 걸 증명할 필요는 없어."

"전 선생님을 죽일 수도 있어요."

담임의 표정이 살짝 굳었다.

"그런 말은 누구에게든 하지 않는 게 좋을 것 같구나."

"선생님이 믿지 않으니까요."

"좋아. 그럼 믿어보자. 날 어떻게 죽일 계획이니?"

"말했잖아요. 생각만으로 죽일 수 있다고."

담임이 다시 미소 지었다.

"아, 그렇다고 했지. 그럼 네 말이 진짜인지 확인해볼까?"

담임은 확인해보자고 했다. 내가 항상 원하던 바였다. 나는 정말 확인하고 싶었다.

"선생님을 죽이라고요?"

"응. 할 수 있다면 해봐."

"제 말을 믿으세요, 선생님. 죽은 뒤에는 후회할 수도 없잖아요."

"나는 네가 상상에서 빠져나와 친구들과 어울리길 바랄 뿐이야. 내가 도움이 된다면 좋겠어. 이 자리에서 확인해보고 네 상상이란 게 밝혀지면, 나랑 약속하자. 예전처럼 친구들과 잘 지내겠다고."

담임은 정말 나를 걱정하고 있었다. 나도 내 능력이 상상이길 바랐다. 마음껏 사랑하고 미워하고 질투하고 원망하고 싶었다. 어울리고 싶었다. 확인하고 싶었다. 나는 울면서 생각했다. 담임이 죽어버리면 좋겠다고. 정신이 혼미해지고 심장이 빨리 뛰고 뭔가가 내려앉고 빠져나갔다. 담임은 내 눈앞에서 눈을 감았다. 앉은 자

세 그대로 고개만 떨어트렸다. 잠든 듯 편안한 표정이
었다.

나는 큰 소리로 울었다. 교무실 사람들이 나를 쳐다봤
다. 몇몇이 이상한 낌새를 느끼고 다가왔다. 김 선생을
불렀다. 김 선생의 어깨에 손을 얹었다. 소란이 일었
다. 울음을 멈출 수 없었다.

기어이 확인했다. 어떻게 죽는지. 생각과 징조와 사망
의 시간 차까지 알아버렸다.

할아버지는 비겁한 폭군이었다. 보라의 담임은 저열
한 성범죄자였다. 그럼 죽어도 되나? '죽어 마땅한 인
간'이란 말이 가능한가? 담임은 아무 죄도 없이 죽었
다······. 담임에게는 정말 아무 죄도 없었을까?

담임은 내 말을 믿어야 했다. 두려워해야 했다. 당장
나를 교실로 돌려보내야, 아니, 학교에서 쫓아내야 했
다. 나를 믿지 않아서 그는 죽었다. 보라의 엄마는 늘
이런 말로 보라에게 겁을 줬다고 했다.

✝

나는 신이다. 살인자다. 나는 파괴하고 싶지 않았다. 창조하고 싶었다.

✝

집 밖으로 나가지 않았다. 얼마간 부모님은 나를 간섭하지 않았다. 상담 중에 담임이 돌연 죽어버렸으니 정신적 충격이 상당할 거라고 주변에서 당부했으니까. 1년이 지나고 2년이 지났다. 부모님은 꾸짖고 달래고 한심해하다가 지쳐버렸다. 나는 우리 집의 시한폭탄이 되었다.

내가 저지른 짓과, 내가 가진 쓰레기 같은 능력을 온전히 이해하기까지 오랜 시간이 걸렸다.

내가 절대 하지 말아야 할 생각은 '죽고 싶다'는 것. 사람을 죽였지만 죽고 싶지 않았다. 지옥에 떨어질 것 같았다. 나는 정말 이런 능력을 원한 적이 없었다.

밥만 축내며 살 수는 없었다. 사람을 대하지 않고도 돈을 벌 수 있는 일을 찾았다. 새벽부터 아침까지 건물 복도와 계단 청소하는 일을 시작했다. 낮에 잠을 잔 뒤 저녁부터 새벽까지 깨어 있을 때가 많아 그 시간에 공장에서 상품 포장하는 일을 했다. 하루가 톱니바퀴처럼 흘러갔다. 규칙적인 일상을 되찾자 의심이 돌아왔다. 담임은 내 눈앞에서 죽었지. 그래, 정말 그런 일이 있었어. 하지만…… 사춘기에 자주 꾸던 악몽이나 환상 같은 것 아니었을까? 부정하고 싶었다. 내 탓이 아니라고 믿고 싶었다. 그러던 중에 그 일이 일어났다. 공장에 가려고 집을 나섰을 때였다. 어둡고 으슥한 길이었다. 교복을 입은 아이가 갑자기 튀어나왔다. 아이와 눈이 마주쳤다. 어딘가에서 낄낄 웃는 소리와 욕지거리, 침 뱉는 소리, 당장 튀어 와 새끼야, 그런 소리가 들렸다. 가만 선 채로 아이를 봤다. 얼굴에도 교복에도 피가 묻어 있었고 엉망인 얼굴로, 아이는 울고 있었다. 도망치라고 중얼거리면서, 소리 나는 곳으로 다가

갔다. 아이와 같은 교복을 입은, 나보다 훨씬 큰 아이들 다섯 명이 주차장 구석에 모여 있었다. 확인하고 싶었다. 정말 그런 일이 있었는지. 실험해보고도 싶었다. 나와 전혀 관계없는, 모르는 자도 죽일 수 있는지.

다섯 명 중 한 아이를 노려보면서 생각했다. 징조가 왔다. 사춘기의 악몽이 아니었다.

그리고 그 순간에 나는 분명 무언가를 창조했다고 느꼈다.

실험하고 확인했으므로, 킬러가 될 수도 있었다. 사람을 죽이며 쉽게 돈을 벌 수 있었다. 하지만 나는 그 정도로 멍청하지는 않았다.

나는 할아버지가 추종하던 독재자를 생각했다. 군인을 동원해서 많은 사람을 죽이고도 아직 살아 있는 독재자. 억울한 사람들을 고문하고 죽이라고 명령한 독재자. 자기 잘못을 전혀 모르고 호의호식하는 독재자. 그의 뻔뻔한 늙음을 집요하게 떠올렸다. 어떤 사람들은 그를 짐승이라고 했다. 괴물이라고도 했다. 사람이 아니라고도 했다. 하지만 짐승은 그렇게 못한다. 괴물이라면 총과 탱크를, 권력을, 고문을, 사상과 거짓을 이용할 필요가 없다. 그는 사람이다. 사람이어서 그럴 수 있었다. 그는 어쩌면 나와 같은 종자인지도 모른다. 총이나 칼을 들지 않고 말과 생각만으로도 사람을 죽일 수 있었으니까. 나는 더 확인하고 싶었다. 창조했다는 느낌은 대체 무엇이었나. 나는 그가 죽어버리면 좋겠다고 생각했다. 즉시 징조가 왔다.

독재자를 추종하던 사람들이 결집했다. 할아버지처럼 화를 내고 윽박지르며 복수를 말했다. 그를 증오하던 사람들은 허탈해했다. 죽어버렸으므로, 더는 그에게 죄를 묻거나 사과를 받아낼 수 없게 된 것이다. 그는 고통과 두려움 끝에 죽지 않았다. 그는 편하게 눈을 감았다. 나는 내가 또 잘못했음을 깨달았다. 사람을 죽이는 능력으로 좋은 일을 할 수는 없는 것이다. 쓰레기 같은 초능력.

어차피 지옥에 떨어질 거라면, 좋아, 죽어 마땅한 자는 다 죽여버리자. 만취한 어느 날, 자살하지 않기 위해, 나는 과거와 현재의 파렴치한 고위공직자를 떠오르는 대로 죽였다. 10분도 걸리지 않았다. 만취했으므로 기억을 잃었고, 다음 날 눈을 떴을 때도 바로 기억을 되살리지는 못했다. 뉴스를 보고서야 내가 한 짓을 떠올릴 수 있었다. 저명인사 열두 명의 돌연사 속보로 세상은 들끓었다. 사람들은 패닉에 빠졌다. 전 세계가 그들의 죽음에 집중했다. 온갖 음모론이 떠돌았다. 신을 찾는 사람이 급증했다. 인과응보라고, 응당한 죽음이라고 생각하는 사람도 있었을 것이다. 직관적으로 가장 납득 가능한 돌연사라고 생각하는 사람도 있었을 것이다. 그렇게 생각하는 사람들의 마음에도 두려움은 싹텄을 것이다.

나는 거울 앞에 선 채 꼼짝할 수 없었다. 거울 속에는 과거의 내가 있었다. 열 살 정도로 보였다. 지난밤 내가 한 짓과 나의 변화를 연결시킬 수밖에 없었다. 호흡이 빨라지고 뭔가가 내려앉고 빠져나가는 징조를 떠올렸다. 한 명씩 죽일 때는 큰 변화를 느낄 수 없었다. 열두 명을 한꺼번에 죽인 뒤에야 알 수 있었다. 기괴한 나의 능력은 공짜가 아니었던 것이다. 죽일수록 과거로 돌아가는 건가? 아니, 그렇게 말할 수는 없다. 나의 기억은, 정신은, 눈빛은 변치 않았으니까. 죽일 때마다 나는 조금씩…… 사라진다. 이렇게 말할 수 있을까? 사람을 또 죽이면 아홉 살쯤 되겠지. 일곱 살이 되고, 다섯 살이 되겠지. 계속 죽인다면…… 태어나기 전으로 돌아가겠지. 0이 되겠지. 그런 소멸은 죽어 사라지는 것과 다른 것일까?

부모님이 현관문을 열고 들어오는 소리가 들렸다. 나는 방문을 열고 나갔다. 아빠는 바로 화장실로 들어갔다. 엄마는 나를 봤고, 냉장고에서 물을 꺼내 마시면서, 이 시간에 왜 집에 있니 묻다가, 다시 나를 봤다. 계속 나를 봤다. 엄마는 아빠를 불렀고, 아빠가 나오지 않자 아주 큰 소리로 불렀고, 아빠는 화장실에서 나왔다.

부모님은 당연히 내 말을 믿으려 하지 않았지만, 바로 눈앞에 증거가 있으므로, 믿지 않을 수 없었다. 엄마는 나를 계속 만지면서 울었다. 아빠는 울면서 집을 나갔다. 나는 울지 않았다.

물론 할아버지의 죽음에 대해서는 말하지 않았다. 하지만 부모님은 할아버지가 어떻게 죽었는지 기억한다.

‡

부모님은 밤낮으로 나의 진로를 고민했다. 그들은 나를 살인자라고 생각하지 않았다. 하지만 내 눈을 똑바로 보지도 않았다.

햇살이 깨끗한 일요일 오후였다. 거실에 앉아 수건을 개키는 엄마의 그림자가 주방 식탁까지 길게 늘어졌다. 나는 식탁에 턱을 괴고 거실에 둥둥 떠다니는 먼지를 보고 있었다.

"네가 태어났을 때 모두들 놀랐지."

엄마가 중얼거렸다. 들으라고 하는 말인지 혼잣말인지 구분할 수 없었다.

"태어났을 때 넌 겨우겨우 우는 시늉만 하면서, 자꾸 한숨 같은 걸 쉬었어. 그래서 다들 네가 죽을 거라고 했다. …… 죽음을 준비했어."

크면서 두어 번은 들은 말이었다. 나는 이상하게 태어났고, 하도 이상하게 태어나서 엄마가 둘째를 갖지 못하는 거라고 할아버지는 내 탓을 했다.

"그런데 너는 비웃듯이 살아났어. 귀찮다는 듯이 한숨을 쉬면서, 노인의 표정으로…… 죽을 생각은 없다는 듯이……."

엄마가 나를 바라보며 물었다.

"네가 이제…… 몇 살이지?"

나는 의자에 앉은 채로 바닥에 닿지 않는 두 다리를 달랑거렸다. 먼지처럼 무수한 인간의 시간이 한눈에 보였다. 먼지 같아서 세세히 들여다볼 수는 없지만, 그래도 다 겪어본 일 같았다. 몇 살이나 되었을까. 할아버지는 확실히 두려웠던 것이다. 보라는 나 때문에 하나님을 맹렬히 믿게 되었다. 담임은 죽어서도 내 말을 믿지 않는다.

＋

아무 일 없이 시간이 흐르면 거울에 비친 나를 보면서도 의심에 빠졌다. 걷잡을 수 없이 의심이 커지면, 미치거나 자살하지 않기 위해, 다시 확인했다. 창조인가 파괴인가 실험했다. 지금 나는 두세 살 정도로 보인다. 나는 노인처럼 걷고 먹는다.

당신에겐 우스운 이야기일지도 모른다. 말도 안 되는 글을 읽었다고 생각할 수도 있다. 그렇다면 담임에게 그랬듯 당신에게도 확인시켜줄 수 있다. 그건 나도 굉장히 바라는 바다. 나는 계속 확인하고 싶으니까. 하지만 당신까지 차례가 돌아가지 않을 수도 있다. 나는 이미 많이 사라진 상태고, 마지막으로 죽여야 할 사람은 이미 정해졌으므로.

최진영

2006년 〈실천문학〉 신인상을 받으며 작품 활동을 시작했다. 《당신 옆을 스쳐간 그 소녀의 이름은》《끝나지 않는 노래》《팽이》《나는 왜 죽지 않았는가》《구의 증명》《해가 지는 곳으로》《비상문》《이제야 언니에게》《겨울방학》 등을 썼다.

+

Q. 당신이 생각하는 몬스터는 어떤 모습인가요?

상상 속 괴물은 괴상하지 않다. 어딘가에는 실제로 존재할까? 존재하더라도 괴물이라고 불러서는 안 될 것 같다. 그것은 그것의 이름이 있을 것이다. 영화 〈괴물〉은 좋아한다. 하지만 영화 속 괴물도 괴물은 아닌 것 같다. 사람을 괴물이라고 표현하지 않기 위해 애를 쓰고 있다.

해변의 묘지

백수린

빛의 바다. 다희는 그 에메랄드색 바다를 그렇게 기억
했다. 5월 말의 어느 토요일, 피에르가 다희에게 전화
를 걸었다.

"근사한 곳을 발견했어. 네게 꼭 보여주고 싶어."

수화기 너머 피에르의 목소리는 들떠 있었다.

"그래?"

다희는 소파에 기대고 있던 등을 떼며 되물었다.

"두 시간쯤 후에 너희 아파트 앞에 도착할 테니 나갈
준비를 해놔."

그리고 정말 두 시간 뒤에 피에르가 자신의 낡은 시트
로엥을 끌고 아파트 앞으로 왔다. 도착했다는 전화를

받고 다희는 계단을 뛰듯 걸어 1층까지 단숨에 내려갔다. 피에르는 캣 스티븐스의 <Morning has broken>을 들으며 박자에 맞춰 핸들 위의 손가락을 까딱거리고 있었고, 다희는 앞좌석 문을 열고 차에 올라탔다. 그의 차 뒷좌석은 늘 그렇듯 박스에 든 포도주들과 카탈로그 같은 것들로 어지러웠고, 차 안에서는 옅은 담배 냄새가 났다. Praise for the singing, praise for the morning. 그들은 볼륨을 높였다. 차는 미끄러지듯 달려 니스를 빠져나갔다.

‡

피에르와 다희가 만난 것은 12월이었다. 다희는 교환학생으로 그해 8월부터 프랑스의 니스에 머물고 있었다. 그녀가 1년 동안 지낼 아파트를 구한 것은 학교의 대외협력팀을 통해서였는데, 후보지였던 여러 아파트 중에서 가장 낡았지만 시내 한복판에 있다는 점이 마음에 들었다. 아파트의 경우 기숙사보다 임대료가 높았지만 다희는 플랫메이트를 구해 월세를 나누며 함께 살 생각이었다. 난생처음 경험하는 외국 생활에 적응하는 데도 그편이 훨씬 나을 것 같았다. 처음 그녀가 아파트에 커다란 짐을 끌고 도착했을 때, 그곳에는 이미 산드라가 있었다. 산드라는 다희보다 2주 먼저 니스에 도착했다. 그녀는 캐나다 사람으로 니스의 비즈니스 스쿨로 교환학생을 온 경영학 전공자였는데, 캐나다 사람이어서인지 — 퀘벡 사람은 아니었지만 — 다희보다 프랑스어를 훨씬 더 잘했다. "넌 프랑스 문학을 좋아하는구나?" 다희가 불문학 전공자라는 이야기를 했을 때 산드라는 영어식 악센트가 강한 프랑스어로 그렇게 말했다. 오로지 성적에 맞춰 불문과에 진학했지만 다희는 대충 고개를 끄덕였다. 프랑스 문학에는 관심이 없었으나 다희는 이왕 불문과에 입학한 김에 프랑스어를 잘 배워서 외국계 화장품 회사나 항공사에 취직할 생각으로 의욕에 차 있었다. 그녀는 스물한 살이었고, 아직은 무엇이든 열심히 하면 할 수 있는 게 할 수 없는 것보다는 더 많으리라고 믿었다. 가버리면 헤어지겠다는 애인의 협박에도 불구하고 교환학생 프로그램에 지원한 것은 그녀가 경험하지 못한 세계가 궁금했기 때문이었다. 대학에 입학하고 나서 다희가 놀랐던 점은 해외에 나가본 경험이 있는 사람들이 주변에 그렇게나 많다는 사실이었다. 어렸을 때 해외여행을 해본 학생도, 심지어는 외국에서 학창시절을 보낸 학생도 있었다. 그때는 그런 것들, 이를테면 부모의 경제력이나 어린 시절 경험의 차이 같은 것들이 각자의 미래를 어떤 식으로 결정짓는지 아직 실감하지 못할 때였다. 하지만 노골적인 방식은 아니더라도 외국을 이미 경험한 아이들은 티가 났다. 다희의 부모는 대대로 유지하던 과수원 자리가 갑자기 개발된 덕에 경제적으로 풍족했고 다희에게 아낌없는 지원을 해주었지만 해외는커녕 제주도에도 가볼 엄두를 내지 않는 그런 사람들이었다. 지방 출신으로 서울에서 생활하는 것만으로도 가슴이 두근거리던 다희는 시간이 흐르자 서울이 답답해졌고, 외국 드라마나 영화 속에서만 보았던 낯선 나라의 풍경들이 궁금해져 견딜 수가 없었다.

아파트는 방 두 개와 공용으로 쓰는 거실, 화장실, 부엌으로 이루어져 있었다. 매해 새로운 교환학생들이 세 들어 살아왔다는 집은 포크와 나이프부터 침구와 책상까지 모두 스웨덴의 조립식 가구회사 제품으로 차 있었다. 집을 채우고 있는 것들은 세월을 느낄 수 없었고, 어디에서나 볼 수 있는 물건들뿐이었지만 집 자체는 유럽의 오래된 건물 특유의 전형적인 분위기를 지니고 있었다. 이제는 쓸모가 없어진 벽난로의 흔적이라든가, 유럽식 비데, 특히 왁스 칠이 되어 있는 낡은 마룻바닥은 걸을 때마다 요란하게 삐걱거렸다. 처음 이 집에 세를 들어 살기로 결정했을 때 부동산 중개업자가 다희에게 준 주의 사항은 층간 소음에 관한 것이었다. 낡은 아파트다 보니 층간 소음이 발생할 수 있다는 이야기였다. 프랑스에 도착한 처음 이틀 정도는 시차 때문에 초저녁부터 곯아떨어져 의식하지 못했는데, 아니나 다를까 밤이 되면 일제히 고요해지는 아파트는 다희에게 꽤나 인상적이었다. 훅— 불면 촛불이 꺼지듯 일제히 사그라지는 소음들. 밤이 되면 모든 소리가 더욱 증폭되었는데, 특히 오래된 마룻바닥의 삐걱거림은 유난히 크게 들렸다.

하지만 발끝으로 조심조심 걸어도 체중을 옮길 때마다 마룻바닥에서 나는 소리를 어쩔 수는 없었다. 몇 주가 지난 뒤, 다희는 내가 내 집에서 도대체 왜 이러고 걸어야 하나, 하는 생각이 들었고 발걸음을 옮길 때마다 긴장하는 것을 관뒀다. 다희가 쿵, 소리를 들은 것은 니스에 도착해 생활한 지 한 달쯤 지난 9월의 어느 날이었다. 무슨 소리지? 방이 너무 더워 좀처럼 잠을 이룰 수 없었기 때문에 생수를 가지러 부엌으로 가던 중이었다. 쿵, 쿵, 쿵. 소리는 다희가 발걸음을 뗄 때마다 규칙적이지만, 꽤나 신경질적으로 들려왔다.

"그건 마녀의 소행이야."

다음 날, 간밤에 들었던 쿵, 쿵 소리에 대해서 다희가 이야기를 꺼냈을 때 산드라는 그 한마디로 상황을 정리했다.

"마녀라니?"

머그잔에 커피를 따르며 다희가 물었다.

"아랫집 할망구 말이야."

산드라가 별일 아니라는 듯 토스터에서 튀어나온 빵을 손으로 뜯으면서 답했다.

마녀. 건물의 세입자들은 모렐 부인을 그렇게 불렀다. 그녀의 이름을 다희가 알게 된 것은 통성명을 해서가 아니라, 우편함에 적혀 있는 이름을 보았기 때문이었다. 모렐 부인은 70대거나 혹은 80대처럼 보이는 노인이었다. 키가 작았고,

꼬챙이처럼 깡말랐는데 언제나 무표정일 뿐 아니라 새하얗게 센 눈썹의 숱이 많아 사나운 인상이었다. 다희가 모렐 부인을 마주치는 경우는 많지 않았다. 가끔 아파트 입구 근처의 분리수거함 앞에서, 혹은 엘리베이터에서 그녀를 마주쳤지만 모렐 부인은 대부분의 시간을 집에서만 보내는 사람처럼 눈에 잘 띄는 편이 아니었다. 길 건너편 아파트에는 연금 혜택을 받으며 날씨 좋은 휴양 도시에 살길 원하는 부유한 노인들이 주로 살았다. 하지만 다희의 아파트에는 젊은 학생들이나 갓난아기를 키우는 신혼부부들이 유난히 많이 살았는데, 그들은 수시로 아파트를 들락거리며 서로 인사를 나누며 말을 섞었다. "오늘 날씨가 참 좋네요." "학교 가는 길인가 봐요?" 그런 사람들 틈 속에서 모렐 부인은 말라비틀어진 버섯처럼 보였다. 세입자 중에 모렐 부인이 무슨 일을 하던 사람인지, 누구와 사는지 아는 사람은 아무도 없었다. 우편함에 모렐 씨와 모렐 부인이라고 적혀 있었지만 이웃 중 모렐 씨를 본 사람은 아무도 없었다. 모렐 부인의 집은 언제나 커튼이 쳐져 있었고—그 탓인지 모렐 부인 맞은편 건물에 사는 노인은 한밤에도 커튼을 열어놓고 살았다—간혹 고양이가 커튼 사이로 빼꼼 얼굴을 들이밀 때가 있을 뿐이었다.

다희는 그런 모렐 부인이 자신의 집 바로 아래에 살지 않았다면 그녀에게 아무런 관심을 쏟지 않았을 것이다. 새로운 삶을 살게 된 도시에서 관심을 가져야 할 반짝거리는 것들은 너무나도 많았으니까. 하지만 불행하게도 모렐 부인은 다희의 집 바로 아래 살았고, 그녀는 거의 매일 밤 자신의 존재를 드러냈다. 그러니까, 다희와 산드라가 조금이라도 소음을 만들면 무엇인가로 천장을 쿵, 쿵, 쿵 치는 형태로. 대걸레 자루일까? 골프채 같은 것은 없을 텐데. 다희와 산드라는 미국 시트콤 속에서 빗자루로 천장을 쳐대던 노인을 떠올리며 모렐 부인이 도대체 무엇으로 천장을 칠지를 놓고 농담을 주고받았다.

다희는 서서히 새로운 삶에 적응해갔다. 프랑스어로 진행되는 수업을 따라가는 것은 어려웠지만, 대외협력팀에서 주관하는 행사를 통해 교환학생으로 온 다른 외국인 친구들을 사귀었고 그들과 아비뇽이나 마르세유 같은 도시들을 여행했으며 낯선 도시에서 한국의 친구들에게 엽서를 보냈

다. 초반에는 난생처음 해보는 외국 생활에 불편한 점
도 있었고, 말이 통하지 않아 답답하고 외로울 때도 있
었다. 그럴 때면 다희는 자기도 모르게 한국에 두고 온
옛 애인 생각이 났다. "기다릴게." 떠나면 헤어지겠다
고 협박하던 그는 정작 다희의 출국 일자가 다가오자
그렇게 말했다. "기다리지 마." 다희가 그런 그에게 이
별을 통보한 것은 그녀의 자취방 인근의 근린공원에서
였다. "미안해. 그렇지만 나는 오늘을 살고 싶어. 1년
뒤가 아니라." 헤어지자고 해놓고 먼저 우는 것은 비겁
하다고 생각했지만 자꾸만 눈물이 쏟아져 다희는 손등
으로 눈가를 훔쳤다. 하지만 시간이 지나자 많은 문제
가 해결되었고 다희가 옛 애인을 생각하는 시간도 줄
어들었다. 그러니까 피에르를 처음 보았을 때 다희는
프랑스에서의 삶을 비로소 만끽하고 있다고 느끼던 중
이었다. 크리스마스 방학 직전이었고, 친하게 지내던
콜롬비아 여학생이 크리스마스 파티를 기획해서 해변
근처의 한 아파트에 놀러 갔던 날이었다. 각자 음식을
가져가서 나눠 먹는 파티라고 해서 다희는 김밥과 잡
채를 만들었다. 다희는 화장을 한 뒤 한국에서부터 가
져왔지만 잘 신지 않던 하이힐을 신었는데, 발이 아파
걸음이 느렸다. 파티 장소에는 이미 수많은 사람들이

모여 있었다.

그녀가 도착하는 것을 확인한 콜롬비아 친구가 그녀를 반갑
게 맞아주었다. 다희는 낯선 사람들을 만나는 것을 좋아하
는 편이었다. 하지만 처음에 다희에게 "넌 어디에서 왔니?"
"언제까지 프랑스에 있을 거야?" 같은 것들을 묻던 사람들
은 파티의 분위기가 고조되자 더 이상 다희에게 말을 걸지
않았다. 옆에 있는 사람에게 "음악이 참 좋네요"라고 말을
걸어보려 했지만 상대는 "그렇네요"라고 대답하더니, 흥미
가 없는 듯 테킬라를 마시며 쉼 없이 웃음을 터뜨리는 화려
한 외모의 남미 여자 쪽으로 몸을 돌렸다. 그러므로 만일 피
에르가 없었다면 다희는 그 자리를 빨리 벗어나고 싶다고
생각했을 거였다. 하지만 다희는 언제부터인가 한 남자와
자꾸 눈이 마주친다는 것을 알아챘다. 키가 크고 어깨가 수
영선수처럼 벌어진 그는 파티의 다른 남자들보다 나이가 많
아 보였다. 다희는 남자의 시선을 의식하면서 테이블 위에
준비된 맥주를 천천히 마시며 자리를 이동했다. 붉은 머리
의 남자는 격앙된 사람들과 대화를 나누면서도 다희의 동
선을 따라 고개를 돌렸다. 그리고 네 번째쯤 다시 눈이 마주

쳐 다희가 그를 보고 웃자 그 남자는 갑자기 큰 소리로 "술이 떨어져가는 것 같으니 내가 맥주라도 사 올게"라고 외쳤다. 그리고 코트를 챙겨 입은 후 다희 쪽으로 다가와서 "혼자 들고 오긴 힘들 것 같은데 같이 가줄래요?" 하고 말했다.

피에르는 툴로라는 작은 마을에 사는 스물일곱 살의 프랑스인이었고, 프랑스 남동부 지방을 돌아다니며 포도주를 파는 영업 사원이었다. 그는 마침 니스에 사는 사촌 동생을 보러 왔다가 이 파티에 참석했던 거였다. "또 보러 올게요." 피에르는 파티가 끝날 때까지 다희의 곁에서 떠나질 않았고, 헤어질 때 그렇게 말했다. 그리고 크리스마스 이후 어느 주말, 피에르는 정말 오로지 다희를 보러 차를 끌고 다시 니스로 왔다. 술의 기운을 빌렸던 첫 번째 만남과는 달리 피에르는 긴장한 탓에 목소리를 떨었다. 한번 화가 나면 쉽게 풀지 않을 사람처럼 입매가 고집스러워 보였지만, 피에르는 대화 중에 언제나 다희에게 시선을 맞췄다. 다희 눈에는 그런 피에르가 나름대로 귀여워 보였는데, 장난으로 여자를 만나지는 않는 진지한 사람 같았다. 그들은 해변을 따라 자전거를 탔고, 시내의 작은 레스토랑에서 저녁을 먹었다. 그때까지 제대로 된 레스토랑에 가볼 엄두조차 내지 못했던 다희로서는 프랑스에서의 첫 외식이었다. 식당의 테이블 위에는 새하얗고 구김이 조금도 없는 테이블보가 드리워져 있었고, 레이스 커튼이 투명한 내닫이 창 위에 걸려 있었다. 아직 연초라 니스 시내는 장식조명으로 반짝반짝 빛났다. 그들은 식당을 빠져나온 이후 손을 잡고 도시를 걸었고, 다희의 아파트 앞에 이르렀을 때 처음으로 입을 맞췄다.

그들의 겨울과 봄은 즐거웠다. 피에르는 주말마다 그녀를 보러 니스로 왔다. 봄이 된 후, 몇 번인가 다희가 기차를 갈아타고 피에르를 보러 간 적도 있었다. 기차를 타고 발랑스까지 가면 피에르가 자동차를 몰고 역으로 가 다희를 데려왔다. 발랑스에서 자동차로 10킬로미터 정도를 달리면 피에르가 부모님과 함께 사는 툴로가 나왔다. 산등성이를 따라 차로 달리면 그 아래로 울퉁불퉁한 바위들과 푸른 풀숲 사이 군락을 이루고 피어 있는 노란 금작화가 보였다. 다희는 단 한 번도 피에르의 아버지를 본 적이 없었는데 그가 트

럭 운전사여서 집을 자주 비웠기 때문이었다. 하지만 피에르의 어머니는 만난 적이 있었다. 키가 크고 덩치가 좋은 그녀는 다희에게 자고 가라며 깨끗이 빤 수건과 침대 시트를 건네주곤 했다. 이전까지 다희는 대학에 입학한 이후 사귀었던 어떤 남자친구의 부모도 만난 적이 없었다. 모든 것이 수월했던 이유는 물론 피에르가 외국인이었기 때문이었다. 피에르가 대학생이 아니라 고등학교를 졸업해 기술자격증을 딴 이후 취직해 일하고 있다는 사실이나 그가 언제나 회사 로고가 박힌 티셔츠에 다 낡아빠진 운동화를 신는다는 사실이 문제가 되지 않는 것 역시 마찬가지였다. 그는 다희의 이상형과 거리가 멀었고, 한국이었다면 결코 사귀지 않았을 타입이었다. 하지만 프랑스에서의 시기는 다희에게 인생의 괄호 안 같은 것이었고, 피에르는 다희에게 그녀가 몰랐던 다른 세계를 열어 보여주는 사람이었다. 다희는 피에르를 만난 이후 자기들끼리만 어울리는 다른 한국인 교환학생들이나 미국인과 사귀는 산드라보다 자신이 훨씬 더 깊숙이 낯선 세계 속으로 진입했다는 생각에 우쭐한 기분이 들었다.

어느새 다희의 삶은 피에르를 중심으로 돌아갔다. 피

에르가 니스에 오면 마세나 광장 근처의 바에서 친구들과 어울렸고, 샤갈의 무덤이 있는 생폴드방스나 중세 도시인 에즈 같은 근교의 관광지를 찾아다녔으며, 가끔은 드라이브를 했다. 피에르는 대체로 금요일 밤에 니스로 내려왔고 일요일 오후에 다시 툴로로 돌아갔다. 그가 니스에 머무는 동안은 자연스럽게 다희의 아파트에 머물렀는데, 함께 장을 보고 저녁을 해 먹을 때면 다희는 스스로 스물한 살이 아니라 스물일곱 살의 연애를 하고 있다는 생각이 들었다. 스물일곱 살은 당시 다희에게 어른의 나이였다. 그 시절, 다희에게는 미래가 푸른 하늘 위에서 긴 꼬리를 펄럭이며 날아가는 연 같았으므로 그것을 손에 쥐기 위해선 얼레를 감기만 하면 된다는 확신이 있었다. 그렇지만 가끔은 얼레를 감으면 감을수록 끈이 팽팽해지다가 마침내 끊어져버리지는 않을까, 불안한 마음이 들 때가 있었는데, 그래서 다희는 빨리 이 불안의 시기를 통과하고 싶었고, 안정된 어른이 되고 싶어 조바심이 났다.

날이 따뜻해지자 사람들은 창문을 열어놓고 살았고 그 탓에 커튼이 사시사철 드리워진 모렐 부인의 집은 더욱 눈에 띠었다. 창문을 열어놓고 살기 시작한 이래 다희의 집에 달라진 변화가 하나 있었는데 그것은 저녁 식사를 마치고 설거지를 할 즈음마다 열어놓은 창문을 타고 어김없이 클래식 음악이 들려온다는 점이었다. 클래식 음악은 모렐 부인 건너편 집에서 흘러나왔다. 그 집은 도로를 사이에 두고 있었지만 도로의 폭이 넓지 않아 다희의 집에서 내려다보면 집 안이 보일 정도로 가까운 거리였다. 그곳에 사는 사람은 70대쯤 되어 보이는 백발의 노인이었다. 다희는 학교에 갔다 돌아오는 길에 연보라색이나 연두색 잔체크무늬 셔츠를 입고 베레모를 쓴 채 앞 건물에서 걸어 나오는 노인과 마주친 적이 있었다. "안녕하세요" 하고 먼저 인사를 건네고, 저녁마다 멘델스존의 바이올린 협주곡을 들으며, 18세기 정물화의 일부처럼 소파에 앉아 오후를 보내는 단정한 노인. 피에르가 집에서 자고 가는 밤이면 그들은 저런 노인이 아랫집에 살았으면 얼마나 좋았을까 같은 것에 대해서 이야기를 나눴다.

피에르가 머무는 주말이면 금세 잠드는 것이 아까워 그들은 늦게까지 이야기를 나누거나 이어폰을 한쪽씩 끼고 음악을 들었고 섹스를 했다. 그런 밤, 그들이 섹스를 마친 후 샤워를 하러 가기 위해 복도를 가로지

르거나, 물을 마시기 위해 부엌으로 향할 때면 어김없이 마루 밑바닥에서 쿵, 쿵, 쿵 하는 소리가 들려왔다. 처음엔 이웃에게 피해가 가지 않도록 조용히 지내려 애쓰던 피에르는 그런 소리를 들으면 들을수록 일부러 더 요란한 소리를 내며 걷기 시작했다. "다음엔 저 마녀가 소스라치게 요란한 섹스를 할까?" 피에르가 그렇게 말하면 "어떻게 할 건데?" 다희가 장난스럽게 맞장구를 쳤다. 어떤 날에는 계속 시끄럽게 굴면 경찰서에 신고하겠어요, 라고 쓴 경고장이 집 앞에 붙어 있기도 했다. 모렐 부인의 필체는 깔끔한 편이었지만 손을 떨기라도 하는 듯 선이 삐뚤거렸다. 그런 메모를 발견한 날이면 다희와 산드라는 저녁을 준비하면서 모렐 부인의 걸음걸이나 말투를 흉내 내며 웃었다.

‡

토요일 오후, 남서쪽으로 향하는 차 안에서 다희는 '어디로 가는 걸까?' 하는 생각으로 가슴이 뛰었다. 니스는 서울에 비해서는 조용하고 규모가 작은 도시였지만 그곳에 살기 시

해변의 묘지

백수린

작한 이래 다희가 지루할 틈이 없었던 것은 바다 때문이었다. 한걸음에 닿을 수 있는 광활한 지중해. 에메랄드색 바다는 드넓었고, 언제나 빛으로 가득했다. 날이 따뜻해질수록 니스의 사람들은 야자수가 즐비한 해변에 모여들어 시간을 보냈다. 별다른 일정이 없는 날이면 다희는 저녁을 먹고 산드라와 해변 쪽으로 천천히 걸어 내려가 커다랗게 비눗방울을 불어 올리는 아이들과 조깅하는 남자들의 말처럼 건강한 다리를 구경했다.

피에르는 다희가 해변을 좋아하는 것을 알고 난 뒤부터 출장차 남프랑스로 내려올 때마다 바다 풍경이 근사한 장소들을 찾아다녔고, 발견한 장소를 다희에게 보여주고 싶어 했다. 한국에서 대학생들과 연애했다면 자동차로 데이트를 하긴 힘들었으리란 사실이 다희를 늘 흥분시켰다. 그들이 데이트하는 방식은 목적지를 정하지 않고 해변도로를 따라 달리는 것이었다. 그때마다 다희는 일부러 눈을 감았는데 그러다 눈을 뜨면 매번 낯선 풍경이 펼쳐지는 것이 좋았기 때문이다. 눈을 감으면 열어놓은 창문으로 바람이 불어와 제멋대로 나부끼는 머리카락의 감촉이 느껴졌고, 도로에 다른 차가 없으면 피에르는 제한속도를 지키는 법이 없었으므로 속도감에 온몸이 짜릿했다. 한참을 달리다 어디든 한적한 곳이 나오면 그들은 차를 멈췄다.

다희가 감았던 눈을 뜨면 압도적인 빛 속에 잠겨 있는 바다가 눈앞에 펼쳐졌다. 정오의 태양이 하늘 위 높이 떠 있고 바다는 다이아몬드 같은 미세한 거품을 일으키며 찰랑거렸다.
"와! 엄청나다!"
주홍색 지붕들과 푸른 해송이 떼를 이루는 바닷가가 한눈에 내려다보이는 비탈에 이르자 피에르가 갑자기 차를 세웠다. 피에르는 콧노래를 부르며 트렁크 문을 열었고, 배낭에서 종이컵과 포도주 오프너, 그리고 그의 회사에서 파는 포도주 한 병을 가져왔다. 그들은 차 문을 연 채 음악을 크게 틀어놓고 포도주를 마셨다.
"저 건너편은 이탈리아일까?"
봄날의 지중해는 아름다웠고, 다희가 장엄한 고요 속에 잠긴 수평선을 가리키며 물었다.
"코르시카나 아프리카가 아닐까?"
다희는 저녁마다 산책하던 바닷가에서 보았던 작은 요트

를 기억해냈다. 그 배의 옆면에는 <반대편 연안이 이렇게 가까운 적은 없었다(l'autre rive n'a jamais été aussi proche)>라고 쓰여 있었다. 손에 닿을 듯 가까운 국경 너머. 다희는 무릎을 가슴에 끌어안고 창유리에 비친 바다를 내려다보았다. 차창에 비치는 하늘은 바다만큼이나 맑았고 스물한 살의 다희는 예뻤다. 라디오에서는 빠른 비트의 음악이 흘러나왔다.

"근데 있지. 바다에 사는 괴물에 대해서 들어봤어?" 포도주를 한 병 다 비워갈 즈음 피에르가 말했다.

"괴물?"

"응. 괴물."

피에르는 북극 바다에 산다는, 전설 속의 크라켄이나 구약성서에 등장하는 뱀처럼 생긴 괴물에 대해서 이야기했다.

"레비아탄은 등에 방패 같은 돌기가 나 있고 입에선 불을 뿜는다고."

재채기만 해도 불이 번쩍해 누구나 그 앞에선 절망하고, 모든 권력자마저 쩔쩔맨다던 괴물. 그리고 피에르는 물었다.

"저 바다에도 그런 게 사는 건 아닐까?"

"말도 안 돼."

이렇게 아름다운 바다에 괴물이 산다니.

수면은 얇은 유리판처럼 반짝였고, 이토록 평온하고 아름다운 바다에 괴물이 산다는 것은 말이 되지 않았다. 재미있는 농담이라는 듯 둘이 마주 보며 한참을 웃던 중 키스를 먼저 시작한 것은 다희였다. 그들은 서로의 몸을 미친 듯이 더듬었고, 피에르가 다희의 의자를 뒤로 젖혔다. 다희는 침대가 아닌 곳에서 섹스를 하는 것이 처음이었다. 친구들 중에도 차에서 섹스를 해본 사람은 아무도 없었다. 다희는 허리가 아프고 엉덩이가 불편했지만 흥분한 모습을 보여주려고 애썼다. 어른들의 세계. 다희는 이제 어른의 세계로 한 발 더 진입했다고 생각했는데, 그 사실만으로도 넘치게 벅찼다. 한국으로 돌아갈 날이 다가오고 있었지만 다희에게 그것은 아직 먼 이야기 같았고, 현재는 고갈을 모르는 샘물처럼 영원할 듯했고, 삶은 어린 시절 부모님의 과수원에서 찾아 줍던 낙과처럼 그녀가 발견해야 할 달콤하고 황홀한 일들로 가득할 것만 같았다.

"고등학교 때 이런 바닷가에서 친구들과 알몸으로 수영을 한 적이 있었는데."

섹스를 마친 후 바지를 추켜올리며 피에르가 말했다.

"여자아이들도 다, 알몸으로?"

다희가 놀란 목소리로 물었다.

"응, 달이 엄청 밝은 밤이었어."

다희는 달빛 속에서 발가벗은 아이들이 바다로 뛰어드는 장면을 상상했다.

"나도 언제 하고 싶어."

"좋아. 물이 조금 더 따뜻해지면."

피에르가 말했다.

‡

날은 점점 더워졌고, 어느새 니스에서 머문 날이 머물 날보다 훨씬 더 많아졌다. 다희는 학교생활에 마음이 이미 떠났지만 돌아갈 때를 생각해서 수업만큼은 열심히 들었다. 피에르와의 연애 덕에 다른 교환학생들보다 회화가 훨씬 늘었다는 생각을 하면 다희는 기분이 좋아졌지만, 프랑스인들과 수업을 들을 때면 여전히 하고픈 말을 30퍼센트 정도밖에 할 수 없단 사실을 실감하고 금세 풀이 죽었다. 근현대 시 수업에서는 박사 과정생으로 보이는 강사가 텍스트를 지정해준 후 읽고 분석해 오는 과제를 내주곤 했다. 그러면 다희는 햇빛이 잘 드는 거실 소파에 앉아서 사전을 찾아가며 해석이 잘 되지 않는 텍스트를 더듬더듬 읽었다.

바람이 분다! 살아야겠다!
거대한 바람은 내 책을 여닫고
파도는 분말로 바위에서 솟구쳐 오른다!
날아라, 눈부신 책장들이여! 1)

"시는 너무 어려워. 내가 시는 하나도 모르지만 그래도 시인이라면 역시 랭보가 멋있단 건 알지."
샤워 타월을 두른 채 거실을 가로지르는 산드라에게 다희는 어느 날 그렇게 말했다. 갑자기 무슨 소리냐는 눈빛으로 바라보는 산드라의 얼굴은 싱그럽게 빛나고 있었다.
"한 번 사는 인생이라면 연인한테 총을 맞더라도 열정을 좇는 편이 낫지. 지루하게 늙어 죽는 것은 정말 끔찍한 일이야."

해변의 묘지

백수린

아파트에는 모렐 부인이 이웃집 누군가를 신고했다거나, 주민 누군가와 싸웠다거나 하는 소문이 무성했다. 5월 말 즈음에는 산드라와 다희가 아침을 먹는데 입주민 대표가 전화를 걸어와 새벽에 조용히 좀 해달라는 모렐 부인의 요청이 있었다고 말하기도 했다. 그 무렵엔 피에르가 다희를 찾아오지 않았으므로 집 안이 예전만큼 소란할 리 없었기 때문에 다희는 모렐 부인의 그런 불평에 더욱 화가 났다. 처음으로 크게 다툰 이후, 피에르는 일방적으로 다희의 전화를 받지도 메시지에 답을 하지도 않고 있었다. 연애 초반, 오직 자신을 보기 위해 주말마다 수십 킬로미터를 운전해 달려오기를 마다하지 않는 피에르 앞에서 다희는 당당했다. 하지만 이제 다희는 피에르의 철저한 외면에 자신이 점점 초라해지고 있다고 느꼈다. 초조함과 비참함 사이를 수없이 오갈수록 다희는 아파트 앞에서 모렐 부인을 맞닥뜨리면 기분이 상했고, 기회만 있으면 뭐라고 한마디 퍼부어주고 싶은 마음이 들었다.

시간은 무심히 지나갔고, 피에르와는 계속 연락이 닿지 않아, 다희는 연애가 종료된 걸지도 모른다는 사실을 받아들이려고 노력했다. 예감도 기미도 없이 찾아온 이별을 인정하는 것은 괴롭고 자존심 상하는 일이었지만 다희는 어차피 한국에 돌아가면 끝날 인연이었다고 스스로를 애써 위로했다. 산드라는 다희를 진심으로 걱정해주었고, 다희가 일상의 웃음을 되찾을 수 있도록 노력했다. 어느 토요일에는 같이 저녁을 먹은 후 설거지를 하려는데, 산드라가 다희를 불렀다. 다희는 산드라가 시키는 대로 거실 창가 모퉁이에 서서 건너편 노인의 집을 내려다봤다.

"뭐야, 뭐가 재미있는 건데?" 다희가 묻자, 산드라는 "쉿!" 하고 손가락을 입에 가져가더니 "잘 좀 봐봐" 하고 말했다. 다희는 거실 한구석에서 노인을 발견했는데 놀랍게도 그는 나체였다. 남자의 나체를 본 것이 둘 다 처음이 아니었지만 늙은 남자가 실오라기 하나도 걸치지 않은 모습을 본 일은 그전까지 없었다. 노인의 근육이 소실되어 가느다란 다리와 납작하고 처진 엉덩이는 어딘지 우스꽝스러웠다. 더욱 놀라웠던 것은 잠시 뒤 거실에 어떤 여자가 등장했다는 사실이었는데, 노인만큼이나 늙어 보이는 여자 역시 나체였다. 처진 가슴, 흘러내리는 배, 쭈글쭈글한 목. 그리고 노인과 늙은 여자는 누군가 보고 있는 줄도 모르고 소파에 앉아 키스하기 시작했다. 마치 서로를 잡아먹을 것처럼, 맹렬하게.

"오, 저걸 좀 봐!"

산드라가 키득거리며 속삭였다.

"정말, 저건 너무 그로테스크하다."

다희도 친구를 따라서 오랜만에 입을 틀어막고 웃었다.

피에르가 다시 연락을 해온 것은 프랑스에서의 체류가 두 달밖에 남지 않았을 때였다. 몇 주 뒤엔 나 혼자만 바보같이 그의 연락에 일희일비하는 것은 아닐까, 하는 생각이 들 거였지만 연락이 온 직후 다희는 뛸 듯 기뻤고 세상을 다 가진 것만 같았다. 피에르와 재회하기로 한 날, 다희가 모렐 부인을 그냥 지나치지 못한 것은 마음이 너그럽고 호의적으로 세상을 대하게 되었기 때문인지도 몰랐다. 학교에 갔다가 슈퍼에 들러 피에르가 가져올 포도주에 어울릴 만한 크래커와 토마토, 생모차렐라 치즈 같은 것들을 사 가지고 돌아오는데 모렐 부인이 저만치에서 걸어가고 있는 모습이 보였다. 슈퍼에 다녀오는지 장바구니 카트를 끌고 느릿느릿 걸어가던 모렐 부인이 넘어진 것은 아파트가 보이는 골목에서 다희가 그녀를 막 지나치려고 할 때였다. 마른 나뭇가지 같은 모렐 부인이 푹 꺼졌고, 카트가 쓰러졌고, 그 안에 들어 있던 홀토마토 통조림 따위가 사방으로 굴러갔다.

"괜찮으세요?"

다희가 놀라 그녀에게 다가갔다. 아무리 마녀라지만 노인이 쓰러지는 걸 보고 모른 척할 수는 없었다.

"괜찮아요."

모렐 부인이 자리에서 일어나며 말했다. 크게 다친 것 같진 않지만 괜찮지만은 않아 보였고, 다희는 저 멀리까지 굴러간 홀토마토 통조림들을 주워 그녀의 카트에 담았다.

"고마워요. 도와줘서."

엘리베이터를 같이 탔을 때, 모렐 부인이 고맙다고 말한 것은 뜻밖이었다. 모렐 부인의 얼굴은 특유의 심술궂은 표정을 벗고 조금은 부드러워져 있었다.

"아니에요. 별것도 아닌 걸요."

그리고 모렐 부인의 집이 있는 5층 앞에 엘리베이터가 섰다.

"안녕히 가세요."

다희가 열림 버튼을 누르며 처음으로 모렐 부인에게 인사말을 건넸다.

해변의 묘지

백수린

"혹시 괜찮다면 답례로 차라도 마시고 가지 않을래
요?"
카트를 끌고 엘리베이터 밖으로 나서려던 모렐 부인이
돌아보며 다희에게 물었다.

모렐 부인의 안내를 받아 다희는 집 안으로 들어갔다.
커튼을 모두 내린 탓에 집은 아직 오후였는데도 어두
침침했다. 모렐 부인은 스탠드를 켰다. 다희의 집과 구
조가 같은 모렐 부인의 집은 가구 탓인지 훨씬 고색창
연해 보였다.
"홍차가 좋아요? 아니면 커피?"
"아무거나요."
대체 나는 여기서 뭘 하는 걸까? 다희는 모렐 부인이
시키는 대로 응접실의 소파에 앉으며 생각했다. 모렐
부인의 제안에 응해야 할 이유는 조금도 없었고, 사실
다희는 거절할 생각이었다. 하지만 이번 기회가 아니
라면 모렐 부인의 삶을 엿볼 기회 따윈 영영 없을 것이
었는데 상상만 해왔던 그녀의 삶에 대한 호기심이 다
희를 자극했다.
다희는 주위를 둘러보았다. 창가엔 고양이가 앉아 커
튼 틈새로 밖을 내다보고 있었고, 그 옆의 벽엔 몇 군

데 페인트칠이 벗겨져 있었다. 테이블 아래 깔려 있는 붉은 양탄자는 해질 듯 닳아 있었다. 집은 다희가 상상했던 것과는 조금도 닮은 구석이 없었다. 전체적으로 낡았으나 집의 곳곳은 뜻밖에 잘 정돈되어 있어 전체적으로 깔끔한 느낌이었다. 응접실의 낮은 테이블에는 레이스가 깔려 있었고, 그 위엔 흑백 사진이 들어 있는 작은 액자들이 놓여 있었다. 챙이 커다란 모자를 쓴 앳된 여인과 제복을 입고 말 위에 올라타 있는 젊은 남자. 다희가 앉은 자리의 맞은편에는 문이 달린 원목 TV장이 있었고 그 안에는 한국 대기업에서 생산한 작은 텔레비전이 있었다. 그녀는 여기에 앉아 밤마다 텔레비전을 보다가 나와 산드라가 걸어 다니면 대걸레 자루 같은 것으로 천장을 쿵쿵 치는 걸까? 어둠 속에 우두커니 앉아 홀로 텔레비전을 보고 있을 모렐 부인의 모습이 다희의 머릿속에 그려졌다. 이윽고 모렐 부인이 응접실로 나와 그들은 함께 홍차를 마셨다. 연노란색 찻잔과 세트로 구성된 듯한 접시 위에는 대황타르트 조각이 놓여 있었다.

"타르트 반죽은 슈퍼에서 사 온 거예요."

모렐 부인이 다희의 잔에 차를 더 따르며 말했다. 그들은 별로 할 말이 많지 않았다. 모렐 부인이 다희에게 어느 나라 사람인지를 물어 한국에 대해서 몇 마디 ─"텔레비전에서 보았어요. 일을 매우 많이 하는 나라라던데" 같은 말들─를 주고받았을 뿐이다.

"평소에 시끄럽게 해서 죄송해요."

다희가 그렇게 말한 것은 할 말이 다 떨어졌기 때문이었다. 모렐 부인은 괜찮다거나, 혹은 매번 불평을 해 미안하다는 빈말 같은 것은 하지 않았다.

"집에 환자가 있어서. 정숙이 필요하거든요."

그 말의 의미를 다희가 이해하게 된 것은 화장실에 갔다가 돌아오는 길에서였다. 갑작스러운 요의에 집에 돌아가려 했는데 모렐 부인이 타르트를 좀 싸 주겠다고 해서 하는 수 없이 다희는 그녀의 집 화장실을 써야만 했다. 다희가 그 소리를 들은 것은 화장실을 빠져나와 다시 거실로 가려할 때였다.

어둠 속에서 흘러나오는 무언가는 다희의 귀에 짐승 소리같이 들렸다. 혹은 괴물. 가래가 끓는 것 같기도 하고, 숨이 넘어가기 직전의 헐떡임 같기도 한 그 소리는 살짝 열려 있던 방에서 들려왔다. 커튼이 다 쳐져 있어 어두웠던 그 방에 누워 있는 사람이 모렐 씨라는 것을 다희는 본능적으로 알 수 있었다. 다희는 더 이상 훔쳐봐선 안 된다는 것을 알았다. 예의범절을 제대로 배운 사람이라면 남의 집을 함부로 돌아다녀서도, 주인이 보라고 허락하지 않은 것을 들여다보아선 안 된다는 것을 알았다. 하지만 그 안을 들여다보고 싶은 강렬한 호기심이 다희를 사로잡았고, 이에 저항하는 것은 힘들었다. 처음에는 온통 어둠뿐이라 제대로 보이는 것이 없었다. 이윽고 어둠에 눈이 익자 모렐 씨의 마르고 푹 꺼진 얼굴과 동굴처럼 벌어진 입이 보였다. 그는 등받이를 높일 수 있도록 만들어진 환자용 침대 위에서 문 쪽을 보고 비스듬히 앉아 있었다. 방에서는 시큼한 냄새와 지린내가 뒤섞여 났다. 불운의 냄새, 죽음의 냄새. 다희를 발견한 모렐 씨는 시커먼 무덤 속에서 일어난 시체처럼 아주 천천히 손을 들어 가까이 오라는 듯 손끝을 까딱였다.

다희는 모렐 부인이 싸 준 대황타르트를 들고 계단을 걸어 집으로 돌아왔다. 짧은 바지를 입은 산드라는 햇살이 넘실대는 식탁 의자에 앉아 발톱에 페디큐어를 바르고 있었다.

"어디서 난 타르트야?"

산드라는 타르트를 담아 온 밀폐용기를 열어보더니 아랫집에 다녀왔다는 이야기를 듣고는 "맙소사. 마녀가 주는 음식을 먹었단 말이야" 하고 웃으며 고개를 절레절레 저었다.

몇 시간이 흘러 피에르가 니스에 도착했다는 연락을 했고, 다희는 그를 만나러 해변까지 걸어갔다. 그는 해변의 주차장에 차를 세워둔 채 다희를 기다리고 있었고, 다희를 본 순간 환하게 웃었다. 다희는 평소에 잘 입지 않는 얇은 여름용 원피스를 입고 있었다. 바람이 불면 치맛자락이 나풀거리고, 위에서부터 잡아당기면 한 번에 벗겨지는 원피스였다. 피에르와 다희는 팔짱을 꼈고, 그러자 그들이 떨어져 있던 한 달의 시간은 순식간에 사라져버렸다. 여름의 바다는 아름다웠고, 갈 곳 없는 사람들로 붐볐으며, 그들은 즐거웠다. 해변에는 고등학생들, 징 박힌 옷을 입은 채 커다란 개를 끌고 다니던 젊은 고스족들, 바다 저편으로 노을이 지길 기다리며 맥주를 마시던 청춘 남녀들이 가득했다. 해변을 따라 난 영국인 산책로에서는 웃통을 벗은 남자들이 음악을 크게 틀어놓고 춤을 추었고, 사람들은 남자들을 둘러싸고 환호를 보냈다.

집으로 돌아와서 그들은 냉동 피자를 데워 먹었고, 외출했다 돌아온 산드라까지 셋이 맥주를 마셨고, 그 후엔 산드라가 "이젠 자러 갈까?" 하고 말했다. 샤워를 마친 피에르는 침대에 누워 있던 다희의 위에 언제나처럼 올라탔다. 그러자 오래된 마룻바닥이 요란하게 삐걱거렸고, 다희는 피에르의 강한 팔과 묵직한 체중을 느끼며 모든 것이 예전으로 돌아갔다고 느꼈다. 자정이 넘은 시간이었으므로 처음에 그들은 자꾸만 터져 나오려는 웃음과 신음 소리를 애써 억눌렀다. 하지만 이내 노력 따위는 소용이 없어졌다. 다희는 순간에 대한 몰두를, 폭죽처럼 터지는 쾌락을 갈망했다.

"정말 끝내줬지?"

피에르의 몸이 떨어지자 다희는 배 위가 서늘해지는 것을 느꼈다.

"이러다 또 아랫집에서 쿵쿵대는 거 아냐?"

피에르가 소리내어 웃으며 말했다.

피에르와의 관계는 한국에 돌아온 이후에도 몇 달간 더 지속되다가, 방치된 과일이 상해버리듯 자연스럽게 끝났다.

니스에서의 1년이 지난 이후 사람들은 다희에게 종종 그곳에서의 시간에 대해서 물었다. 그럴 때면 다희는 그때를 오직 에메랄드빛으로 가득했던 나날이라고 요약하곤 했다. 투명한 햇살이 넓게 퍼지던 바다. 산들바람이 불면 잔물결이 사금처럼 흔들리던 바다. 튀니지나 모로코에서 흘러들어 온 많은 이민자들의 힘겨운 생활 터전이기도 한 니스는 그 시절 다희에게 오직 평화로운 휴양지였을 뿐이었다. 아이스크림을 먹으며 뒤뚱뒤뚱 뛰어다니는 아이들, 자갈 위에 타월을 깔아 놓고 입을 맞추는 연인들, 노천카페에서 울려 퍼지는 음악 소리로 해변은 생동감이 넘쳤다. 그런 해변의 풍경에 대해서라면 다희는 얼마든지 말할 수 있었다. 하지만 그렇게 해변에 대해 말하다 보면 어김없이 다희에게는 그날 밤의 기억이 떠올랐다. 이제 막 섹스를 마친 후, 땀에 젖은 피에르 옆에 누워 있던 그날 밤 다희가 갑자기 자신이 늙어버렸다고 느낀 것은 대체 어떤 이유였을까? 이유는 알 수 없었지만, 그녀의 옆에 누워 만족스러운 표정을 짓는 피에르의 드러난 팔과 가슴은 이제 주름과 검버섯으로 뒤덮여 있었고, 말라비틀어진 고목 같은 그것이 머지않아 곧 썩어 없어질 거라는 자명한 공포가 다희를 엄습했다.

"왜 그래?"

다희가 아무런 말이 없자 피에르가 걱정스러운 말투로 물었다. 어느새 코와 입술마저 문드러지고 있는 줄도 모른 채. 무슨 일인지 말할 수 있었으면 얼마나 좋았을까? 다희는 오랫동안 생각했다. 하지만 다희는 아무런 말도 할 수 없었다. 해일처럼 고독이 밀려오자 무시무시한 오한에 몸이 떨렸다. "아무 일도 아니야." 다희는 자신의 허벅지와 배를 거쳐 가슴에서 목까지 천천히 뒤덮기 시작하는 검버섯을 차마 볼 수 없어 눈을 질끈 감았다. 어디선가, 빛나는 바다의 저 깊은 밑바닥에서부터 가혹하고 불가해한 무언가가 가래 끓는 듯한 소리를 내며 그녀를 향해 서서히 다가오고 있었다.

백수린

2011년 경향신문으로 등단했다. 단편소설집 《폴링 인
폴》 《참담한 빛》, 중편소설 《친애하고, 친애하는》 엽
편집 《오늘 밤은 사라지지 말아요》, 번역서 《문맹》을
출간했다.

+

Q. 당신이 생각하는 몬스터는 어떤 모습인가요?

괴물은 모습을 지니지 않는다. 괴물이란 우리의 이해
를 초과하는 것, 실체를 파악할 수 없거나, 파악하고
싶지 않은 무언가를 부르는 이름이므로.

손을

내밀었다

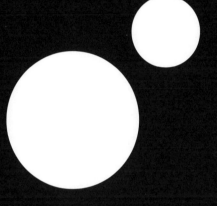

임솔아

"누가 기숙사에서 목을 매고 죽었대요."

나도 들었다. 2층 침대 난간에다 목을 맸다고 했다. 나는 그 이야기를 믿지 않았다. 성희도 소문일 뿐이라고 했다. 교직원이 모친상이나 부친상을 당했을 때에도 학교 측은 단체 문자를 발송해왔다. 홈페이지에도 매번 부고가 게시되었다. 정말로 누군가가 자살을 했다면 말만 떠돌 리가 없었다. 연못에서 귀신을 보았다거나 연습실 커튼 뒤에서 성관계를 하는 커플을 보았다는 이야기처럼, 재학생의 자살은 소문처럼 번져갔다. 기숙사에서 그랬다는 이야기가 자취방에서 그랬다는 이야기로, 언젠가부터는 한강에서 투신했다는 이야기로 바뀌고 있었다. 미술 전공 학생이라고도, 영화 전

173

공 학생이라고도 했다. 죽은 사람이 둘 다라는 말도 있
었다.

석 달 뒤, A 예술대학에서 네 명의 학생이 잇달아 자살
했다는 신문 기사를 보았다. 아는 사람의 일이라고도
모르는 사람의 일이라고도 여길 수 없는 기사를 강의
실에서 접하다가 나는 화장실로 뛰어갔다. 신체의 반
응이 가라앉을 때까지 변기에 앉아 있었다. 쉬는 시간
에 자주 찾던 장소였다. 이 은신처에서 나는 마음을 삭
이기도 하고 변기 물과 함께 할 말을 흘려 내리기도 했
다. 마주 보는 눈높이에 부착되어 있던 거울을 통해서
내 표정에 아무것도 담기지 않은 걸 확인하고 다시 강
의실로 돌아갔다. 지금 그 자리에는 거울 속 내 동그란
얼굴 대신에 동그란 스티커가 보였다.

"손을 잡으세요."

스티커의 아래쪽에 자살 예방 긴급 전화번호와 함께
교내 상담실 전화번호가 적혀 있었다. 학교 곳곳에 대
자보가 나붙기 시작했다. 비상대책위원회가 설치되었
고, 자살 대책 마련을 위한 공개 토론회가 개최되었다.

‡

"이메일도 받으셨나요?"

내 옆에 앉아 있던 성희가 내 핸드폰을 내려다보며 말했다. 나는 고개를 저었다. 같은 수업을 들은 사람들은 평소처럼 함께 학식을 먹고 함께 일어났지만, 함께 식판을 치우고 함께 정수기 앞에 서서 물을 마셨지만, 학교는 우리를 다른 그룹으로 나누었다. 상담실에서 연락을 받은 학생들이 과방에 모여 있었다. 나는 성희에게 며칠간 상담실로부터 받은 문자메시지를 보여주었고, 성희는 별도로 받은 메일을 보여주었다.

"이 메일은 저만 받았나요?"

성희가 다른 사람들에게 물었다.

"저도 받았어요."

다솜이 손을 들었다. 둘은 서로의 얼굴을 물끄러미 보았다.

"다솜 씨, 나이가 어떻게 되세요?"

하연이 다솜에게 물었다. 서른넷이라고 다솜은 답했다. 하연은 모두에게 나이를 물었다. 불문율처럼 그동안 우리는 서로의 나이를 물어보지 않고 지내왔다. 우리 학교에는 유독 만학도가 많았다. 입시에 수능 점수를 반영하지 않기 때문에, 실기 능력이 뛰어난 사람이 합격할 확률이 높았다. 현장 경험이 풍부하거나 예술 관련 공부를 오랫동안 해온 사람에게 유리했다. 나도 그 덕분에 이 학교에 입학할 수 있었다. 다른 전공으로 다른 대학을 졸업한 후 직장 생활을 하다가 서른이 넘어서야 예술가로 살기로 결정한 사람과 중학교를 자퇴하고 일찌감치 입시 준비를 시작해서 입학하게 된 미성년자가 서로의 동기가 되어 학교를 다녔다. 매우 친밀한 사이를 제외하고서, 우리는 서로에게 '씨'를 붙여 호명했다.

휴학을 많이 해서 이미 졸업을 하고도 남았을 성희는 나보다 두 살이 많았고, 신입생 다솜은 우리 중에서 가장 나이가 많았고, 성희와 같은 학년인 하연은 나와 동갑인 스물여덟이었다. 학교가 나이 많은 학생들을 자살 위험군으로 주목하기로 했다는 소문은 사실이었다. 커트라인은 스물여섯이었다. 그중에서도 서른이 넘은 재학생은 특별 관리 대상자로 취급되었다. 성희와 다솜이 그에 속했다.

"손을 잡으세요."
나는 매일 아침 상담실로부터 문자를 받았다. 냉동실에 얼려둔 밥을 전자레인지에 넣고 기다리는 5분 동안에, 같은 문자를 받고 있을 사람들을 상상했다. 다정한 메시지를 들어야만 한다고 분류된 사람들에 대해 상상해보았다. 소외. 생활고. 취업난. 예술 전공 학생들의 자살 원인을 추측하는 말들이 앞집 공사장 굴착기 소리처럼 끊어지지 않던 나날이었다. 학교는 진단 결과를 발표했다. 자살한 학생들의 나이가 많다는 공통점을 찾아냈다는 것이다. 입시 제도를 전면 개편한다는 대책도 나왔다. 고교 졸업 예정자에 한한 특별 전형을 만들고, 수능과 흡사한 필기시험 제도를 도입하겠다고 했다. 이로써 만학도를 줄이겠다는 취지였다. 만학도가 줄면 취업률도 올라갈 것으로 예측했다. 취업률이 사회 문제가 되고서 다른 대학들은 예술 관련 학과의 존폐를 두고 나날이 시위가 이어졌다. 통폐합 과정을 거치기도 했다. 우리 학교는 최악의 취업률로 유명했다.

어제 자살 위험군과 과방에 모여 있을 때, 학생이 들어올 때마다 성희는 그 학생을 붙잡았다. 이 일을 어떻게 생각하느냐고 물었다.

"학교의 진단이 어이없죠."

학생들은 명쾌하게 답했다. 그리고 과방 컴퓨터에 앉아 과제를 인쇄하고는 과방을 빠져나갔다.

자살 위험군에게 학교는 심리 상담을 의무화했다. 불이행 시에는 학점 열람에 제한을 둘 거라며 강경한 입장을 취했다. 하연은 학교의 요구대로 상담을 받겠다고 했다. 자신이 자살 위험이 있지 않다는 것을 상담

과정에서 증명할 수 있다고 했다.

"그걸 어떻게 증명해요?"

배달 음식으로 시킨 에비동의 새우튀김을 젓가락으로 든 채 성희가 물었다.

"죽음을 주제로 작품을 쓴 적이 없다든가. 우울증 약을 먹은 적이 없다든가."

하연은 실제로 죽음에 관심이 없다고 했다. 죽음보다 우리의 삶에 가치가 있다고 했다. 존엄하다고 했다.

"저는 항우울제를 먹고 있는데요."

도시락으로 싸 온 샌드위치를 두 손으로 들고 있던 다솜이 입을 열었다. 하연은 대답했다.

"안 먹는다고 하세요. 그 경우는 특별 관리 대상자로 지정된다고 들었어요."

하연은 양 손가락 검지를 교차해 X자를 그려 보였다.

"다솜 씨와 저는 이미 특별 관리 대상자예요. 서른이 넘었으니까요."

성희가 새우 꼬리를 뱉어내며 말했다. 상담을 거부하겠노라고 단호히 말했다. 어차피 마지막 학기고, 한 학기만 버티면 학교도 안녕이라고 했다. 다솜은 묵묵히 약을 털어 입에 넣고 꿀꺽꿀꺽 물을 삼켰다. 나는 내가 써 온 과제들을 떠올렸다. 과제들마다 누군가의 죽음에 대해 다루지 않은 적이 없었다.

전자레인지에서 종료 알람이 울렸다. 나는 밥을 꺼냈다. 책상에 앉아 밥을 먹었다. 그리고 학교 상담실로 향했다.

2회차 상담 시간에 다면적 인성 검사를 받았다. 567문항에 14페이지 분량이었다. 3회 차에서 검사 결과를 들었다. 거짓말 지수가 높게 나왔다고 했다. 윤리적인 답을 할수록 거짓말 지수가 높아진다고 했다. 검사는 무효 처리되었다. 다시 답안을 작성했다. 윤리적인 답과 아닌 답을 섞어가며 체크했다. 4회 차에서 일관성 지수가 낮게 나왔다는 진단을 들었다. 아무렇게나 응답을 한 경우라고 했다. 또다시 답안을 작성했다. 5회 차에서 특별 관리 대상자로 지정되었다는 통보를 받았다.

나는 과방에서 하연을 기다렸다. 하연에게 상담 결과를 물어보았다. 하연은 순조롭게 상담을 받고 있다고 했다. 성희와 다솜이 차례대로 들어왔고, 나는 특별 관리 대상자가 되었다는 소식을 전했다. 지금부터 상담실 메일 계정을 스팸 등록하는 편이 마음에 좋을 거라고 성희가 조언했다. 그리고 냉장고에서 캔 맥주 네 개를 꺼내 왔다. 우리에게 한 캔씩 나누어 주었다.

"학생회에서 제안을 받았는데요."

하연이 맥주를 한 모금 들이켜며 말했다.

"예술극장 총집회에서요. 자살한 친구를 애도하는 글을 낭독할 사람을 찾고 있다나 봐요. 자살 위험군이 했으면 좋겠다던데."

"자살한 사람의 친구는 자살 위험군일 거라고 추측하나 봐요?"

성희가 말했다.

"그 글이 학교 신문에 실리는 건 물론이고, 언론사에도 보내질 거래요. 학교와 협력 관계에 있는 예술 단체 매거진에도 실릴 거라더군요. 교수님들 칼럼만 싣는 매거진인데, 학생 신분으로 매거진에 글을 발표하는 첫 사례가 될 거래요."

"할 거예요?"

다솜이 물었다.

"자살 위험군이 어떤 상황에 놓여 있는지를 쓰면 어떨까 해요. 단지 나이에 따라 자살 위험군과 특별 관리 대상자를 분류하고, 심리 상담을 강요하는 학교의 부당한 대처에 대해서 쓰는 거예요."

"그런 글을 썼다간 당장 슈퍼 특별 관리 대상자로 지정될 텐데요."

다솜이 고개를 가로저었다.

"공개적으로 낭독한 학생을 학교가 어떻게 그렇게 하겠어요. 발언할 기회가 생겼을 때 목소리를 내야죠."

하연은 주먹을 들어 보였다. 성희가 함박웃음을 지었다. 캔 맥주를 내밀어 하연의 캔에 부딪쳤다.

"제가 도울 일이 있을까요?"

✝

성희는 출근을 하듯 과방에 오기 시작했다. 인터넷에서 기사를 스크랩하고, 상담실에서 받은 메일을 날짜 순으로 정리했다. 자살 위험군 관리를 받고 있는 학생 개개인에 대한 재학생들의 우호적인 의견을 타이핑했다. 핵심적인 문장들을 형광펜으로 표시했다. 성희는 베개와 이불까지 가져다놓았다. 과방 테이블에 A4용지들을 가득 늘어놓고 자료를 정리하다가, 목이 말라오면 과방 냉장고에 넣어둔 맥주를 꺼내 마시고, 머리가 멍해지면 과방 블루레이 플레이어로 DVD를 보다가, 과방 소파에서 쪽잠을 잔다고 했다. 자료를 파일첩에 깔끔하게 정리해서 하연에게 넘겨주었다. 하연은 큰 도움이 될 거라고 답했다. 소파 위에 파일첩을 올려두고 성희에게 물었다.

"어떻게 됐어요?"

무엇이 어떻게 되냐고 성희가 물었다. 오늘이 학점이 공개되는 날이라고 하연은 답했다.

181

"다행스럽게 또 D 학점을 받았죠."

성희는 D 학점을 받고도 기쁜 적은 처음이라고 했다. 우리는 성희의 D 학점을 축하했다. 하연은 생각에 잠겨 있었다.

"왜 그래요?"

다솜이 물었다.

"저는 학점이 떨어졌어요."

하연이 답했다. 성희가 호탕하게 하연의 등을 두드렸다.

"떨어질 학점이 있다는 게 어디예요. 저처럼 학점이 땅에 붙어사는 애도 있는데."

성희는 모니터에 새 창을 겹겹이 띄워 취업률과 자살에 대한 기사를 스크랩하기 시작했다. 이 자료가 더 필요할 것 같다고 성희가 중얼거렸다. 하연은 과방에서 나갔다. 소파 위에 파일첩이 그대로 놓여 있었다.

"찾으러 오겠죠, 뭐."

성희는 새로운 자료를 인쇄해서 파일첩 뒤쪽에 끼워 넣었다. 그리고 과방 테이블 한가운데에 파일첩을 올려두었다. 누군가 놓고 간 전공 서적과 누군가 과방으로 배송시킨 택배 상자가 테이블 중앙에 차례차례 쌓이는 동안에도, 파일첩은 그곳에 그대로 있었다.

엘리베이터 거울에 대자보가 붙었다. 성실하게 상담

을 받은 자살 위험군만 시험공부 할 시간을 빼앗기고 피해를 입었다는 내용이었다. 상담을 받지 않는다면 학점을 열람할 수 없게 될 거라는 학교의 선언은 지켜지지 않았고, 학점을 열람하고 안도하는 다른 자살 위험군을 보면서, 결론적으로 교칙을 지킨 사람들이 도리어 교칙을 지켰다는 실의에 빠지게 되었다고 했다.

"말투가 하연 씨 같단 말이죠."

성희가 내 팔을 잡고 흡연실로 향했다. 담배를 피우지 않는 하연은 오지 않을 장소였다.

"대자보 말예요."

성희가 말을 이었다. '결론적으로'라는 말을 결론이 아닌 곳에 남발하는 점이 하연의 문체와 똑같다고 했다. 대자보에는 작성자의 신원을 추측하는 포스트잇이 붙었다. 신원을 추측하는 포스트잇을 달아놓은 사람의 신원을 추측하는 포스트잇도 달렸다. 포스트잇이 꼬리에 꼬리를 물고 길게 늘어져 엘리베이터 문이 열릴 때마다 너풀거렸다. 하연의 이름과 성희의 이름이 적혀 있었다.

‡

포대 자루가 현관문에 기대어 있었다. 생거진천쌀

40kg이라고 적혀 있었다. 운송장을 확인했다. 고등학교 동창의 이름이 적혀 있었다. 동창에게 전화를 걸었다.

"밥 많이 먹고 부디 장수해라."

친구의 웃음소리가 들려왔다. 뉴스를 보았다고 했다. 한 예술가가 자기 집에서 사망하기 직전에 영양실조 상태로 발견되어 후송되었다고 했다. 그는 지인이 보낸 쌀 한 포대를 오래도록 아껴 먹으며 외주비 체불에 대한 고용노동부의 답변을 기다리고 있었다. 클라이언트는 한 달 뒤에 지급할 것을 노동부에 약속했고, 한 달 뒤에는 다시 한 달 뒤에 지급할 것을 약속했다. 노동부에서는 그가 고소를 선택할 수 있다고 했다. 그러나 고소를 하면 클라이언트의 임금 지급 의무는 사라지게 된다고 했다. 예술가는 결국 고소를 선택했고 근로복지공단에 소액체당금을 신청했지만, 신청은 받아들여지지 않았다.

"너네 학교 다녔대."

쌀이 떨어지기 전에 연락을 하면 또 쌀을 보내주겠다는 말을 남기고 친구는 웃으며 전화를 끊었다.

쌀은 현관에 두었다. 둘 만한 곳이 거기뿐이었다. 현관문을 열고 드나들 때마다 누런 포대 자루와 마주했다. 점심과 저녁은 학식이나 배달 음식을 먹고 사는 나의 습관대로라면, 이 덩치를 쉽게 줄일 가능성은 없어 보였다. 모르는 사람의 목숨을 건 싸움이, 쌀이 되어 현관에 놓여 있었다.

냉동실에서 밥 한 그릇을 꺼내어 전자레인지에 돌리다가, 학교에서 문자메시지가 오지 않는다는 사실을 깨달았다. 방학에는 자살 위험군의 자살 위험도 휴식을 취하는 것일까. 학내 중고 거래 게시판에 접속했다. 쌀을 나누고 싶다는 글을 올렸다. 설거지를 마치고 책상에 다시 앉았을 때 내 게시물에 댓글이 달렸다는 알람이 울렸다. 겨우 쌀이라면, 중정의 토끼한테나 주라고 누군가 비아냥거려놓았다. '겨우 쌀이라니'와 '좋은 생각인데?'가 동시에 떠올랐다.

검은 비닐봉지에 쌀을 한가득 담고서 학교 중정으로 갔다. 주변을 두리번거리며 토끼를 부르기 위해 혀 차는 소리를 냈다. 아무 기척도 없었다.

"돼끼야."

덤불에서 토끼 한 마리가 튀어나왔다. 자기 애칭을 알아듣는 모양이었다. 나는 토끼 앞에 비닐봉지를 내려놓았다. 토끼는 다가와 다소곳이 앉았다. 쌀 한 줌을 땅에 놓아두었다. 토끼는 금세 먹어치웠다. 그리고 나를 올려다보았다. 연신 이빨을 보여주며 더 달라는 듯한 표정이었다. 나는 쌀 한 줌을 더 내려놓았다. 오래

전 누군가가 자신이 키우던 토끼를 중정에 풀어놓았고, 다른 사람이 또 한 마리를 풀어놓았고, 토끼는 새끼를 낳았고, 새끼는 또 새끼를 낳아서 대대손손 이 중정에서 토끼들이 살아가고 있다는 이야기를 소문처럼 들은 적이 있었다.

"네 가족은 다 어디 갔니."

토끼는 쌀을 오독오독 깨물고만 있었다. 나는 생쌀을 한 줌 집어 입에 넣어보았다. 쌀을 먹고 있는 토끼를 마주보며 오독오독 쌀을 씹었다.

"뭐 해요?"

뒤를 돌아보니 성희가 서 있었다.

"쌀을 주고 있어요."

성희의 미간에 주름이 잡혔다.

"토끼는 쌀 먹으면 안 돼요."

성희가 성큼성큼 걸어왔다. 토끼는 쌀을 소화해내지 못한다고 성희가 말했다. 주면 맛있게 먹지만 장 안에서 쌀이 부패하게 되고, 서서히 가스가 차오르다가 고창증에 걸려 죽게 된다고 했다. 나는 미안하다고 말했다. 바닥에 뿌려놓은 쌀을 긁어모아 주머니에 넣었다. 쌀이 사라진 것을 알게 된 토끼가 허망해진 눈빛으로 나를 올려다보았다. 나는 비닐봉지를 들고 일어섰다. 성희가 내 비닐봉지를 들어주겠다고 했다. 전혀 무겁

지 않다고 답했지만, 성희는 그래도 들어주고 싶다고
했다.

"여기까지 왔는데, 들어갈래요? 같이 밥 먹어요."
집 앞에서 내가 성희에게 말했다.

‡

극장 앞 주차장에 언론사 차량이 세워져 있던 날이었
다. 언론사 기자들은 예술극장의 외관을 촬영하고 있
었다. 나는 카메라를 등지고 극장 안으로 들어갔다.
2층 세 번째 줄에 자리를 잡았다. 1학년 교양필수 강의
때 늘 내가 앉던 자리였다. '예술의 산책'이라는 과목
이었는데, 매주 각 과의 교수들이 차례차례 무대에 올
라왔다. 음악 전공 교수는 평양에서의 공연을 사례로
들면서, 오랜 단절의 골을 메우는 예술의 힘에 대해 강
조했다. 영화 전공 교수는 자신의 히트작에 대해 이야
기를 하면서, 예술성과 상업성을 동시에 거머쥐는 비
법에 관하여 들려주었다.

"신입생 여러분, 여러분도 이만큼 할 수 있게 됩니다."
연희 전공 교수는 세 명의 학생을 무대에 초대했다. 학
생들이 상모를 돌리며 재주를 넘었다. 무대에서 본 것
들이 우리의 미래가 될 것만 같았다. 학생들은 환호성

187

을 질렀다.

오늘은 좌석이 텅텅 비어 있었다. 500석이 넘는 이 공간에 새까만 어둠들이 앉아 있었다. 맨 앞 두세 줄에 사람들이 모여 있었다. 기자들, 학생회, 사망한 학생의 친구들이었다. 곧 성희와 다솜이 차례대로 들어왔다. 내 옆자리에 자리를 잡았다. 예술극장 총집회는 살풀이춤으로 시작되었다. 아쟁과 대금 공연이 이어졌다. 학생회의 성명서가 발표되었다. 하연이 무대에 올랐다. 안주머니에서 종이를 꺼냈다.

"제 친구는 기숙사에서 민트 향 샴푸를 사용했습니다. 샤워를 하고 나오면 화장실에 민트 향이 가득했습니다. 고등학교 때 입던 체육복을 잠옷으로 입었습니다. 가슴에는 국제고 마크가 새겨져 있었습니다. 핸드폰 알람은 유행이 지난 아이돌의 노래였는데, 알람을 끄지 않는 버릇이 있어서, 같은 방을 쓰는 친구들도 그 노래를 외우게 되었습니다. 매년 부산국제영화제가 열릴 때마다 학교에서 무료로 셔틀버스를 제공해준다고, 힘들게 기차표를 예약할 필요가 없다고, 다른 학교 친구에게 자랑을 할 만큼 학교를 사랑했습니다. 매 학기 유리공예 강의를 청강했고, 자신이 만든 유리그릇을 친구들에게 그냥 나누어 주었습니다."

사망한 학생의 세세한 일상이 나열되었다. 세세한 일

상만이 나열되었다.

"지금 자기가 룸메이트였다고 말하고 있는 거야?"

성희가 혼잣말을 중얼거렸다.

"하연 씨 후문 쪽에서 자취해요."

다솜이 성희에게 말했다.

"저는 얼마 전부터 민트 향 샴푸를 사용합니다. 제가 샤워를 하고 문을 열면, 샤워실에 차 있던 따뜻한 습기와 함께 친구의 냄새가 샤워실 밖으로 퍼져갑니다. 바람이 불고 제 머리카락이 흩날릴 때 친구의 냄새가 내게서 더 먼 곳으로 향해가는 것을 느낄 수 있습니다. 제 얘기를 듣고 있는 여러분도 앞으로 어디선가 민트 향을 맡으면 친구를 떠올리게 될 겁니다. 친구에게서 제게로, 또 제게서 여러분에게로, 우리는 번져갑니다. 그렇게 친구는 우리 곁에 머물러 있습니다. 서로의 손을 잡으면, 사라지지 않고 이어질 수 있습니다."

제법 많은 언론에서 총집회를 보도했다. 400여 명의 재학생들이 극장을 가득 채웠다고 적혀 있는 기사도 많았다.

과방으로 성희가 들어왔다. 나는 팔을 들어 손짓을 했고, 성희는 뒤돌았다. 성희는 나를 피했다. 실은 과방에 함께 있는 하연을 피했다. 성희가 졸업 보류 판정을

받았다는 사실을 조교로부터 전해 들었다. 상담을 거
부했기 때문이었다. 성희는 졸업식 날 새하얀 상복을
입고서 나타났다. 검은 학사모를 쓰고 있는 사람들 사
이를 걸어 내려갔다. 무대로 올라가려다 직원들에게
끌려 나왔다. 이 퍼포먼스로 성희는 징계를 받았고, 고
향 집으로 내려갔다. 어쩌면 성희는 토끼보다 더 오래
이 학교를 다녀야 할 것이다.

‡

개강을 했지만 다솜도 성희도 수업에 오지 않았다. 올
해는 정상적으로 고등학교를 졸업한 스무 살들만 신입
생이 되었다. 나는 멀리서도 신입생들을 알아볼 수 있
었다. 그들은 새 운동화를 신었다. 서로에게 반말을 사
용했다.

중정으로 향했다. 아무도 없는 그곳이 과방보다 편해
졌다. 벤치에 앉아 눈을 감고 있다가 뜨면 바로 앞에
토끼가 앉아 있기도 했다. 다시 눈을 감았다 뜨면 토끼
는 사라져 있었다. 토끼는 빠르게 나타났다가 빠르게
사라졌다. 다시 눈을 감았다가 떴을 때 내 앞에 다솜이
서 있었다. 포일에 싼 샌드위치를 들고 있었다. 나도
모르게 짧은 비명을 질렀다가, 가슴을 쓸어내렸다.

"죄송해요. 놀래키려던 게 아니라……."

다솜은 내 옆에 앉아 포일을 벗겨냈다. 샌드위치를 좋아하시나 봐요, 라고 나는 말했다. 오이를 씹는 소리가 멈추었다.

"혼자 먹기에는 샌드위치가 나아서요."

식사는 하셨느냐고 다솜이 내게 물었다. 나는 고개를 저었다.

"드실래요?"

다솜이 샌드위치를 내밀었다. 그것을 받아 한 입 베어 물었다. 내 입에서도 오이를 씹는 소리가 났다.

"돼끼가 죽을 거래요."

나는 샌드위치를 꿀꺽 삼키고 다솜을 쳐다보았다.

"누가 또 쌀을 줬대요?"

다솜은 손을 내저었다.

"유전병이라고, 자기들끼리 갇혀 살아서 생긴 병이라고 들었어요."

나는 샌드위치를 가만히 내려다보았다. 다솜이 말을 이었다.

"원래 유전병은 순종한테 많이 생긴대요. 애초에 순종이라는 게 존재하지 않는 것인데, 귀가 접혀 있다거나 발이 짧은 토끼를 순종으로 분류하고 순종끼리 교배를 시키니까 유전자 변형이 생기는 거래요. 중정 토끼도

191

그렇게 된 거라고 해요.”

우리는 한동안 가만히 있었다.

“돼끼한테 같이 작별 인사라도 할까요.”

다솜이 내게 물었다. 다솜과 나는 동시에 자리에서 일어났다. 나는 하연과 성희에게 문자를 보냈다.

“돼끼가 죽게 생겼어요.”

성희는 문자를 읽지 않았다. 하연은 슬프고 안타까운 일이라는 답장을 보내왔다. 다솜과 나는 토끼를 불렀다. 땅굴에서 토끼가 튀어나왔다. 우리 앞에 잽싸게 달려와서 연신 이빨을 보여주었다. 자기가 죽을 거라는 걸 모르는 듯했다.

“뭐라고 인사를 해야 하죠?”

내가 다솜을 쳐다보았다. 다솜도 생각이 나지 않는 듯했다. 토끼는 킁킁거리며 몸 냄새를 맡았다. 두 발로 서서 우리의 손을 살폈다. 우리의 샌드위치를 원하고 있었다. 소스가 묻지 않은 양상추를 떼어내서 다솜은 토끼에게 주었다. 토끼는 양상추를 몇 번 씹더니 뱉어버리고는 뒤도 돌아보지 않고 땅굴 속으로 들어가버렸다.

“저렇게 팔팔한데.”

다솜과 나는 땅굴 앞에 쪼그리고 앉았다. 구멍에 대고 토끼를 불렀다. 전화벨이 울렸다. 성희였다.

"또 쌀을 준 거예요?"

전화를 받자마자 성희는 고함을 질렀다. 나는 다솜에게 들은 얘기를 성희에게 전해주었다.

"돼끼를 풀어줍시다."

결연한 목소리로 성희가 말했다. 지금이라도 해방을 시켜주자고 했다. 이곳에 토끼를 풀어줄 장소가 어디에 있느냐고 나는 반문했다. 아스팔트 한복판에 토끼를 풀어줄 수는 없었다.

"저희 동네로 데려와요. 온 동네에 풀때기밖에 없어요. 소랑 염소랑 양이랑 닭이랑 토끼랑……. 하여간 엄청 많습니다."

다솜도 좋은 생각이라고 했다. 땅굴 앞에 앉아 30분을 기다렸다. 토끼는 나오지 않았다. 나는 집으로 달려갔다. 검은 비닐봉지에 쌀 한 줌을 담아 돌아왔다. 땅굴 속으로 쌀 몇 톨을 떨어뜨렸다. 토끼가 머리를 내밀었다. 다솜이 자기 입을 틀어막으며 내 팔을 붙잡았다. 나는 비닐봉지에서 쌀을 꺼냈다.

"손을 내미세요."

다솜이 작은 목소리로 말했다. 나는 토끼에게 쌀이 담겨 있는 손을 내밀었다. 토끼는 손에 담긴 것을 보기만 했다. 쌀 몇 톨을 비닐봉지에 남겨둔 다음, 비닐봉지를 열어둔 채 땅굴 앞에 두었다. 토끼가 비닐봉지 속으로

머리를 집어넣었다. 우리는 동시에 숨을 멈추었다. 앞
다리가 들어가고, 몸통이 들어가고, 뒷다리가 들어갔
다. 조심스럽게 비닐봉지 손잡이를 들어 올렸다. 봉지
안에 오목하게 담긴 토끼가 머리를 들어 우리를 올려
다보았다.

‡

예술극장 앞에 사람들이 줄을 서 있었다. 지그재그로
이어진 줄이 앞마당을 가득 메웠다. 취재진이 돌아다
녔고, 강사의 이름이 적힌 플래카드를 들고 있는 팬들
도 보였다. 건물에는 '졸업생과의 대화'라고 적힌 현
수막이 걸려 있었다. 자살 위험군을 위해 기획된 특강
이었다. 재학생들은 이 강의를 '예술의 산책 만학도 버
전'이라고 불렀다. 만학도로 입학하여 성공 궤도를 밟
은 극소수의 졸업생이 강사로 초빙되어 자기 자랑을
늘어놓았다. 강사들은 웬만한 연예인보다 유명한 셀
럽이었다. 유명 연예인이 강사로 오는 경우도 있었다.
강의가 끝나면 강사는 수강생 한 명 한 명과 어깨동무
를 하고 사진을 찍어주었다. 나는 언덕을 내려갔다. 경
비원이 떨어진 벚꽃을 오늘도 쓸고 있었다. 꽃잎들을
모으고 분무기를 들고 와 분사를 한 다음, 빗자루로 꽃

잎을 정돈하고 있었다. 벚꽃잎 더미는 서서히 사랑이라는 글자가 되어갔다. 경비원이 핸드폰을 꺼냈다. 자신이 만든 것을 카메라로 찍었다. 나도 경비원 옆에 서서 핸드폰 카메라에 담았다. 누군가에게 '사랑해요'라고 응원할 만한 일이 있을 때에 이 사진을 사용하면 좋겠다고 여겼다. 경비원이 벚꽃잎 글자로 학생들에게 사랑을 고백하는 일화는, 학교에 대한 풍문 중에서도 가장 유명한 미담이었다.

"매일매일 이걸 하시더라고요. 매년 벚꽃 철마다. 대단하세요."

나는 경비원을 보며 웃었다.

"총장님께서 매일 아침마다 하라고 하셨으니까."

주먹으로 허리를 두들기며 그가 말했다.

논리적 글쓰기는 어떻게 가능한가에 대한 과제를 하다가 글쓰기를 밥 짓기에 비유했다. 비영리 예술단체의 경영 사례에 대한 과제를 하다가 경영을 밥 한 그릇에 비유했다. 미술과 과학의 상관관계에 대해 쓸 때에는 쌀과 물로 비유했다.

"집에 쌀벌레가 많은가 봐요."

강사가 웃음을 섞어 말을 했다. 나는 머리를 긁적였다. 쌀 얘기를 많이 하게 된다는 건 알고 있었지만, 쌀벌레

의 이야기를 하고 있는 줄은 몰랐다. 나는 저녁마다 쌀
포대 앞에 쪼그리고 앉아서 검지에 침을 묻혀가며 쌀
벌레들을 색출했다. 쌀벌레가 손가락을 물었다. 빨갛
게 부어올랐다. 재채기가 나왔다. 목덜미가 간지러웠
다. 환절기의 건조함 탓인 줄 알았는데, 벌레 알레르기
진단을 받았다.

"바퀴벌레하고도 괜찮았는데요."

바퀴벌레는 체질이 잘 맞기 때문이라고 의사는 답했
다. 잘 맞지 않는 벌레가 따로 있다고 했다.

쌀 속에 통마늘을 묻어보았다. 소용이 없었다. 에탄올
을 적신 화장솜도 넣어보았다. 마찬가지였다. 쌀벌레
제거제를 넣었다. 어떻게든 살아남으려는 벌레들을
나는 어떻게든 몰살시키려고 했다. 계절이 바뀌고 나
서야, 목숨이 질긴 벌레들도 질긴 살의를 가진 나의 집
념도 이 방에 스며드는 온도와 습도를 이기지 못한다
는 걸 알았다. 벌레들은 저절로 사라졌고 저절로 죽어
갔다. 포대의 모서리 쪽에 벌레들이 옹기종기 모여서
시체 더미로 발견되었다. 손끝으로 살살 쓸어냈다. 다
른 한 손을 쓰레받기로 삼았다.

"쌀벌레가 없어졌나 봐요."

같은 수업을 듣던 다솜이 웃으며 말했다. 다솜과 한참

을 웃었다.

"돼끼는 잘 지내겠죠?"

성희가 함께 있으니까 잘 지내고 있을 거라고 다솜이 답했다. 정선에 갔던 날에 대해 우리는 이야기했다. 동서울에서 출발한 시외버스가 서울을 빠져나갈 때 토끼가 침을 흘리기 시작했다. 토끼가 죽을 것 같다고 다솜이 말했다. 우리는 휴게소에서 내렸다. 동물 병원을 검색하고 성희에게 전화를 걸었다. 멀미를 하는 것 아니냐고 성희가 말했다. 토끼는 멀쩡해져 있었다. 자기가 언제 침을 흘렸냐는 표정으로 코를 쫑긋거리고 있었다. 버스를 타기만 하면 토끼는 몸을 바들바들 떨었다. 우리는 터미널마다 내려 다음 버스를 기다렸다. 한밤중이 되어서야 정선에 도착했다. 불이 꺼진 대합실에 성희가 서 있었다. 우리에게 정선 찰옥수수를 한 개씩 나눠 주었다. 옥수수 알갱이가 입안에서 알알이 터졌다. 이렇게 맛있는 옥수수는 태어나서 처음 먹어본다고 다솜이 말했다. 나도 열심히 고개를 끄덕였다.

"그 얘기 들었어요?"

다솜이 자판기에서 갓 꺼낸 탄산음료를 건네며 내게 물었다.

"기숙사에서 누가 목을 매고 죽었대요."

숨을 내쉬었다

임솔아

장편소설 «최선의 삶», 시집 «괴괴한 날씨와 착한 사
람들», 소설집 «눈과 사람과 눈사람»이 있다.

+

Q. 당신이 생각하는 몬스터는 어떤 모습인가요?

사람이라는 자격도 의자놀이 중인 것은 아닌지요. 자
기 자신이 사람의 자리를 차지하기 위해서 괴물이라
는 단어를 만들어내는 것은 아닌지요.

몬스터: 한낮의 그림자

ⓒ 손원평, 윤이형, 최진영, 백수린, 임솔아 2020

초판 1쇄 인쇄 2020년 2월 5일

초판 1쇄 발행 2020년 2월 11일

지은이	손원평 윤이형 최진영 백수린 임솔아
펴낸이	이상훈
편집인	김수영
본부장	정진항
문학팀	정선재 김준섭 김수아
마케팅	조재성 천용호 박신영 조은별 노유리
경영지원	정혜진 이송이

펴낸곳   한겨레출판(주) www.hanibook.co.kr

등록 2006년 1월 4일 제313-2006-00005호

주소 서울시 마포구 창전로 70(신수동) 화수목빌딩 5층

전화 02-6383-1602~3 / 팩스 02-6383-1610

대표메일 munhak@hanibook.co.kr

ISBN 979-11-6040-343-5 04810

979-11-6040-342-8 (세트)

이 도서의 국립중앙도서관 출판예정도서목록(CIP)은 서지정보유통지원시스템
홈페이지(seoji.nl.go.kr)와 국가자료종합목록 구축시스템(kolis-net.nl.go.kr)
에서 이용하실 수 있습니다. (CIP제어번호 : CIP2020002633)